TIANGONG

——RENLEI SHOUCI HECHENG NIU YIDAOSU

天工

——人类首次合成牛胰岛素

时代出版传媒股份有限公司
安徽文艺出版社
青岛出版集团 | 青岛出版社

铁　流◎著

铁流，1967年10月生。中国作家协会报告文学委员会副主任、山东省作家协会副主席、青岛市作家协会主席、山东省师范大学特聘教授，享受国务院特殊津贴专家、山东省齐鲁文化名家。曾获鲁迅文学奖，两次获得中宣部“五个一工程”奖、《当代》文学拉力赛年度总冠军致敬作品、中国作家鄂尔多斯文学奖优秀作品奖、泰山文学奖等多种奖项。著有《靠山》《中国民办教育调查》《国家记忆——一本共产党宣言的中国传奇》《支书与他的村庄》《见证——中国乡村红色群落传奇》《一个村庄的抗战血书》、中篇小说《槐香》等。作品散见于《中国作家》《当代》《人民文学》《解放军文艺》等。根据获奖作品改编的电影《大火种》《渊子崖保卫战》等已在全国院线上映和中央电视台播出。多篇作品被《新华文摘》《小说月报》和各种年度选本转载。

入选2023年中宣部主题出版重点出版物选题
入选安徽省“十四五”规划重大项目

天

鲁迅文学奖得主最新长篇力作

TIANGONG

——人类首次合成牛胰岛素

——RENLEI SHOUCI HECHENG NIU YIDAOSU

铁 流◎著

工

时代出版传媒股份有限公司
安徽文艺出版社
青岛出版集团 | 青岛出版社

图书在版编目（CIP）数据

天工：人类首次合成牛胰岛素/铁流著.—合肥：安徽文艺出版社,2024.5

ISBN 978-7-5396-8047-7

Ⅰ.①天… Ⅱ.①铁… Ⅲ.①报告文学－中国－当代 Ⅳ.①I25

中国国家版本馆CIP数据核字(2024)第055989号

出版人：姚巍
策　划：孙晓敏　　统　筹：王涛
责任编辑：汪爱武　张磊　刘冰　　装帧设计：张诚鑫

出版发行：时代出版传媒股份有限公司·安徽文艺出版社
青岛出版集团·青岛出版社
地　址：合肥市翡翠路1118号　邮政编码：230071
营销部：(0551)63533889
印　制：安徽新华印刷股份有限公司 (0551)65859551

开本：700×1000　1/16　印张：17.25　字数：200千字
版次：2024年5月第1版
印次：2024年5月第1次印刷
定价：59.00元

中国科学家人工全合成结晶牛胰岛素曾是最有希望获诺贝尔奖的

《参考消息》：美国对我合成牛胰岛素感到震惊

美国科学家承认：中国合成牛胰岛素是一个科学伟绩

诺贝尔奖金委员会主席蒂塞利乌斯：人们可以从书中学到

制造原子弹，但是人们不能从书本中学到制造胰岛素

有些事尽管已经过去很久

可历史还永远记着

——作者

目　录

引子：一个伟大的“奇想”

这是2001年的一个冬日。

温暖的阳光悄然爬进玻璃窗，斑斑驳驳地洒落在王应睐苍白的面庞和半睁半眯的眼睛上。这位卓越的生物化学家躺在病床上已经很久了。开始他时而清醒时而昏沉，最后原本睿智的大脑也陷入了一片混沌中。即使这样，他浑浊的双目偶尔会遽然启开，几缕灼灼亮光纷纷跳出眼帘来。

每到这时，他都会张口喊道：“成功了！人工合成胰岛素成功了！”

他本来已吐字不清了，可这会儿话却说得清晰异常。

医生、护士闻之有些诧异。

“他越来越没有记忆了，可还清楚地记得这个。”王应睐的儿子王家楠道。

在王应睐混沌的脑海中，有一盏记忆之灯依然亮着——那就是人工全合成结晶牛胰岛素。

这时距人工全合成结晶牛胰岛素诞生日——1965 年 9 月 17 日，已经三十六个年头了。可生命进入倒计时的王应睐竟还能常常喊出来。

今天，你在大街上、马路边、广场上，抑或是某个地方，随意开口问问旁边的人：你知道人工全合成结晶牛胰岛素吗？可以肯定的是，百分之九十以上的人都很茫然，都会摇摇头。

一些上了年纪的人隐约还能记起当年中国科学家人工全合成结晶牛胰岛素的事，有的也许会说："那是一件了不起的大事！震惊了世界！"

要知道，人工全合成结晶牛胰岛素是中国当年最接近也最有希望获诺贝尔奖的研究项目，这是世界上众多科学家一致的看法。从 20 世纪 70 年代初开始，美籍华人、著名物理学家、诺贝尔奖获得者杨振宁先生就向周恩来等国家领导人三提申请诺贝尔奖的事，其过程曲折而又颇有戏剧性。

人工全合成结晶牛胰岛素的故事，应该从 1958 年说起。这一年的 7 月，上海市举办了一场规模颇大的科技展览会，名曰"上海市科学技术展览会"。开展那天，人们欣喜地看到，一间间偌大的展厅里，摆满了各种各样的科技模型，墙壁上也挂满了人们已经付诸行动和尚未付诸行动的宏伟科技蓝图。

面对这些新奇而又让人充满遐想的蓝图，大家都感到惊讶和兴奋，毕竟当时的中国在各个方面还是落后的。要知道，从 1949 年 10 月 1 日起，新生的中华人民共和国才走到第九个年头。这短暂的九年，饱含着上至国家领袖下至普通百姓多少希冀和愿望啊！年轻的中华人民共和国对社会经济发展、人民生活改善，还有科技进步的愿望都是迫切的。当时的人们都记得，在半年多以前，也就是 1957 年 10 月 4 日，我们的苏联老大哥成功发射了人类历史上第一颗人造卫星，那一刻，世界上几乎所有的目光都投向了遥远而陌生的天际。

苏联卫星成功进入轨道后，当时美国白宫的主人艾森豪威尔总统坐不住了，面对着身边的高级官员，这位美国陆军原五星上将晃动着握紧的拳头大声喊道：“我们美国人只知道第一，没有第二，我们什么时候被别人甩在身后了？绝不！绝不！”总统先生喊出这两个“绝不”还不到一个月，11 月 3 日，苏联的卫星二号又升上了太空。这一次，苏联科学家更有惊世之举，他们把一只名叫莱卡的小狗送上了太空。不仅如此，科学家还在这只可爱的小狗身上安装了一种高性能电子装置，专门给地面传送莱卡的生存信息。

翱翔在广袤太空的苏联第二颗卫星，重达1120.29磅，是卫星一号的六倍，携带的测量宇宙射线、温度、压力等的仪器比卫星一号更先进，功能也更强大。虽然那只来自地球的小狗莱卡成了人类探索太空的第一个“殉道者”，但它意味着苏联科学家向月球进军已经迈出了关键的第一步。

在美苏这两个大国的空间竞赛中，美国已经比苏联落后了一大步，整个美国都表现出愤愤不平。在苏联第二颗卫星上天的第二天，美国的《匹兹堡新闻报》就开始大做文章，他们在第一版用醒目的大字标题向总统府喊话：“艾克，发射卫星吧。”艾克是总统艾森豪威尔的别称。

被舆论包围的艾森豪威尔如坐针毡，这位曾经指挥过西西里战役和诺曼底战役的五星上将，怎能甘心示弱、屈人之下？12月6日，美国人就按下了第一颗人造卫星的发射按钮。可令世界瞠目的是，运载卫星的火箭升起离地面仅仅几英尺，就轰然爆炸解体了。

苏联第二颗人造卫星升空后，正在莫斯科访问的毛泽东特向赫鲁晓夫致以祝贺，在祝贺苏联老大哥的同时，一种奋起直追的紧迫感也挂在了毛泽东的心头。人造卫星升天，震动了共和国的开国元勋们，同时也点燃了中国科学家的创造热情，一股股科技热潮在共和国这块年轻的土地上涌动起来。上海举办的科技展览会正是这股热潮的一次集中展现。

尽管7月的上海已是热浪滚滚，可酷暑也没能挡住众多热情的参观者。这一天，一行人兴致勃勃地走进了展厅，走在前边的是共和国的总理周恩来，陪同其左右的有中共中央政治局委员、书记处书记李富春，上海市市长柯庆施。总理兴致很高，几乎在每一件展品前都驻足认真观看。当大家行至一幅大海报前时，总理一下子被其独特的画面吸引住了。这幅别具一格的海报上画了一只巨大的三角瓶，里面站着一个憨态可掬、呼之欲出的胖娃娃，那神态好像随时都要从瓶里爬出来一样。讲解人员见总理看得仔细，又面露不解，就急忙解释道：“总理，这是我们中科院上海生化所的科学家们的宏伟蓝图，他们将在不远的未来，人工合成一个蛋白质，也就是合成一个新的生命！”周总理听了有些意外，他急忙追问道：“有这个可能吗？可行性大吗？”讲解员马上回答道：“完全有这个可能。”总理点点头，打着手势说：“科学家就应该有这种敢于想的精神，古时候有个嫦娥奔月的传说，我们总觉得这只是个神话传说而已，一代又一代的人谁想过能登上月球去？第一觉得不可能，第二也不敢想。可我们的苏联老大哥就把一只狗送到了太空上，再过些年，说不定嫦娥奔月就变成可能了。”总理说完，脸上漾着笑意。他凑上前反复端详，随后就大声笑了出来，指着三角瓶里的娃娃道：“这不，我们的科学家就已经展开了想象的翅膀嘛。这个想法好哇！我记得恩格斯说过一句话，生命是蛋白体的存在方式。如果我们的科学家有朝一日合成了蛋白质，那将是一个伟大的事业。”言毕，总理转身问讲解员：“我们的科学家打算什么时候完成这个目标?”讲解员激动地回答：“五年!”总理点了点头，沉吟片刻道：“五年太长了吧？同志们，我们得加紧步伐呀！我们的苏联老大哥已经放了第二颗人造卫星了，紧接着美国人也放了，相比，我们的科技大大落伍了！主席着急呀，他说自己寝食难安，睡觉都不踏实呀！主席这番话对我是个鞭策！对大家都是个鞭策！我们要行动起来，只争朝夕呀!”说完，他转过身来，对李富春道：“富春同志，对这个计划，你们要重点关注一下。”李富春点了点头道：“放心吧，总理！我们马上组织行动起来。”上海市市长柯庆施也急忙表态：“总理，中国科学院生物化学研究所在我们的地盘上，我们上海市也会全力以赴支持的，以助他们早日实现这项宏伟蓝图。”总理离开的时候，又看了一眼那只三角瓶，还有里面那个胖娃娃，不禁自语道：“这个好啊!”

返京后的周恩来总理牢牢记住了人工合成蛋白质这项宏伟计

划。1958 年底，国务院有关部门起草了“1959 年科研计划（草案）”，总理特地指示把人工合成蛋白质列入该草案。

至此，中国科学家的这项“奇思妙想”正式成为国家的一项重大科研计划，由此也拉开了人类首次人工全合成结晶牛胰岛素的序幕。

第一章 火热的年代

代号 601

苏联卫星上天的消息传到国内，传到中国科学家的耳朵里后，很多人都坐不住了。特别是周总理在参观上海科技展览时讲的那番话，更是句句直敲耳鼓，直抵人心。作为中科院上海生化所所长的王应睐，在全院大会上操着一口闽南普通话连声道："同志们，总理的话句句千斤重啊！作为一名科技工作者，我王应睐无地自容！在科研路上，我们要加倍努力，加倍努力啊！"说这话的时候，这位刚过知天命之年的科学家眉头紧蹙，他用炯炯有神的双目看着大家说："人工合成胰岛素说什么也要搞出来，而且还要快。可在座的每一位，包括我王应睐，自从走上科研这条路那天起，我们对科学的追求从来就没有放松过！为了祖国的科技明天，我们都努力吧！”王应睐这番话，在今天看来好像是口号式的、表白式的，可能还会引起一些人的窃笑，可是，在那个年代，在座的所有科技工作者都觉得王应睐的这番话振聋发聩，是鞭策，也很鼓劲！他们都觉得，只有马上付诸行动，才能对得起国家，对得起这个时代。多少年后，上海生化所还健在的科学家们回忆起这一幕，还胸怀激荡。

1958 年 5 月 14 日，也就是那场激动人心的中共八届二中全会刚召开不久，中国科学院借着八届二中全会的东风，决定开一个向科学大进军、擂响战鼓的大会。中科院地学部、生物学部率先联合召开了一个鼓足干劲、力争上游的动员会，参加大会的有众多科研机构。其间，各路人马纷纷亮出了自己的宏伟设想，在热烈的气氛中，会场一角一位科研人员刚报出了自己“根治小麦锈病”的计划，话音还未落，那里就报出了“人造小太阳”的设想。后排几个人小声嘀咕了几句，接着就有人亮出了大嗓门：“我们两年内消灭稻虫，让稻虫一个个都断子绝孙。”会场上一阵大笑后，接着又有人大声喊道：“咱们要与火箭争速度，敢和日月比高低。你们这个项目时间太长了！”话音刚落，那边就憋红了脸：“好，好！我们加快速度，半年，就半年！”

中国科学院的动员会成了擂台会，打气会成了征战会，消息传到上海，中科院的驻沪科研单位也闻风而起。在度过了几个不眠之夜后，他们也各自亮出了科研项目：中科院上海有机所要尽快研究出活性染料，为社会主义建设添砖加瓦。植物生物所是“稻草转油”，变废为宝。药物所也不甘示弱，提出了“让高血压低头”。生理所的人道：“这算啥？我们不仅要搞针灸，还要搞经络！”药物所的人说：“我们要让肿瘤让路，全面消灭血吸虫，让它们从此绝迹。”

中科院上海药物所刚推出宏伟计划不久，毛泽东就在中南海丰泽园菊香书屋挥毫写下了鼓舞人心的《七律二首·送瘟神》：

读六月三十日《人民日报》，余江县消灭了血吸虫。浮想联翩，夜不能寐。微风拂煦，旭日临窗，遥望南天，欣然命笔。

其一

绿水青山枉自多，华佗无奈小虫何！

千村薜荔人遗矢，万户萧疏鬼唱歌。

坐地日行八万里，巡天遥看一千河。

牛郎欲问瘟神事，一样悲欢逐逝波。

其二

春风杨柳万千条，六亿神州尽舜尧。

红雨随心翻作浪，青山着意化为桥。

天连五岭银锄落，地动三河铁臂摇。

借问瘟君欲何往，纸船明烛照天烧。

上海药物所的科学家们见自己还未出征，血吸虫就已经“断子绝孙”了，赶忙改弦易辙。中科院上海生物化学研究所见兄弟单位都相继登台亮相，也紧锣密鼓地绘制了自己的宏伟蓝图。

中科院上海生化所提出的“合成一个蛋白质”，不啻一枚原子弹爆炸，很多人说这是吹牛，是心血来潮，是痴人说梦，是天方夜谭，搞不好这将是世界科学史上的一个千古笑话。

1958 年 6 月 10 日上午，中国科学院上海生化所所长王应睐召集了一个会议，名为高研组讨论会。所谓“高研组”，就是由高级专家组成的科研组。据后来回忆，高研组几乎是清一色的留学人员，个个不同凡响。与会人员有曹天钦、邹承鲁、钮经义、沈昭文、王德宝、周光宇、张友端、徐京华。房内讨论热烈，窗外蝉声一片。就是这个“神仙会”，后来被很多人说成是具有划时代意义的讨论会。

这些人当中，有的早已是著名的生化学家，比如王应睐，有的后来也成为史上留名的科学家。王应睐时年 51 岁，其他人皆三四十岁，正处在人生的盛年，正是“春风得意马蹄疾”的时候。

王德宝站在窗前看了一会儿，转身正了正鼻梁上的眼镜，连声说道：“咱们还能坐得住吗？还能坐得住吗？”

王应睐举止温文尔雅，说话总是慢悠悠的，一丝微笑时常挂在嘴角，一腔标准的闽南普通话，让每个人听起来都很入耳、很享受。他习惯性地用手指扶了一下鼻梁上的茶色眼镜，看了王德宝一眼，轻咳一声道：“德宝，来，来来来，先坐下，心急喝不得热粥嘛。”王德宝笑笑，坐了下来。王应睐也笑笑，最后说道：“同行们都在你追我赶，家家都有了大胆的科研计划，咱们怎么办？是不是也应该动起来了?!”邹承鲁摇摇头道：“科学研究不是一朝一夕就能成功的，否则就是心血来潮，拔苗助长。”说着，他轻轻抬起手，优雅地摇了摇手中那只精致的烟斗。

邹承鲁是英国剑桥大学的骄子，刚刚归国不久。这一年，邹承鲁刚好 35 岁，恰是“鹰击长空万里阔”的年华。在一些人看来，这位归国俊才颇有个性。他的岳父、著名的地质学家李四光深知爱婿性格，但也无可奈何。有一次邹承鲁出席一个活动，身旁友人介绍他道：“这位是李四光副院长的乘龙快婿邹承鲁。”邹承鲁闻言立刻冷下脸来，看了友人一眼道：“我就是我，邹承鲁就是邹承鲁，为什么前面还要加上李四光副院长？难道贴上这个标签，我的地位就一下子提高了吗？难道没有我岳父的光芒照耀着，我邹承鲁就籍籍无名了吗?”说罢，扭头走开了，留下一群人面面相觑，空气里都弥漫着尴尬。

也许，正是邹承鲁这种不甘居人之下的个性，让他在接下来的人工全合成结晶牛胰岛素过程中，起到了很大的作用。这是后话，暂且不表。

听了王应睐的话，曹天钦微微一笑，用睿智的目光扫了大家一眼说：“同行们毕竟都动起来了，我们也不能落后。科学需要大胆的设想，当然也不能空想！即使没有这场各行各业的‘大跃进’，我们也不能观望坐等吧?”

周光宇、张友端两位女将也一致响应。

特殊的年代氛围感染了那时的人们，气氛一下子热烈起来。不知谁突然喊道：“我们何不来合成一个蛋白质?!”犹如当空响起了焦雷，嘈杂声遽然消失了。片刻平静过后，王应睐不紧不慢地说："这个好！"大家都不约而同地点了点头，七嘴八舌地议论起来。听到"合成一个蛋白质"，邹承鲁开始一愣，继而变得兴奋起来，他放下烟斗，高声道："这是个大计划、大课题，真要成功，也得数年的时间。时间长不怕，如果成功，在世界科学史上就将具有划时代意义，那我们真是放了个大大的卫星！"邹承鲁说着，用力挥了一下手。钮经义看了一眼邹承鲁道："数年是多少年？一年，十年，还是二十年？"邹承鲁抽了口烟道："我看得二十年。"钮经义摇摇头："二十年太久！在这样一个火热的时代，我们应该把时间缩短，再缩短！"钮经义说这话的时候，急得脸都涨红了。他展开两个手掌，用力做了个缩短时间的手势，那气势就好像成功在眼前了一样。

这一年，钮经义 38 岁，也正是"指点江山，激扬文字"的年龄。在座的谁能想到，二十一年后，也就是 1979 年，59 岁的钮经义作为人工全合成结晶牛胰岛素申报诺贝尔奖唯一人选角逐诺贝尔奖。真是人生百味，皆在豪杰心中。

曹天钦看到大家这样，笑了笑："我提个建议吧。"此言一出，所有人的目光都聚在了他那张俊朗的脸上。曹天钦接着道："把我们这个宏伟计划向大家公布出来，让整个生化所的人都讨论一下。"

大家都鼓掌说好。

谁也不想把这个“宏伟的计划”捂到明天或者以后的某个时间，年轻的科学家们早就按捺不住了，他们要喊出来，让所里所有人都尽快知道这个“宏伟的计划”。有人道：“咱们趁热打铁，马上就召开全所大会，尽快把计划传达给大家，不要等到明天了，时不我待呀！”

王应睐抿抿嘴，微笑又挂在了嘴角，慢条斯理地道：“诸位，人工合成蛋白质可不是咱们睡一觉起来就能成功的，不能放空炮，说大话，还得从长计议，精心谋划呀！”

可是，这个时候谁又能挡住这群年轻科学家的理想和激情呢?！见大家摩拳擦掌、跃跃欲试的样子，王应睐还是松口了，尽管他遇事沉稳冷静，不轻易下结论、做决断，但内心深处也觉得人工合成蛋白质意义非凡。如果有朝一日合成告捷，那将是人类生命史上一次伟大的飞跃，也是世界科学史上的一次伟大革命！王应睐面对着一双双充满希冀的眼睛，也有些坐不住了，但表面上还是平静如水，他点点头说：“好，马上召开全所人员大会。”

我们现在可以想象得出，那肯定是一场富有煽动性的大会，当王应睐用缓慢的语调宣布生化所将进行人工合成蛋白质研究的时候，大家的眼睛都亮了，表情也一下子丰富起来，很多年轻人都激动地相互拥抱着。王应睐挥挥手，示意大家静下来，他说：“这个蛋白质的合成时间可能有些漫长，要几年甚至几十年，科学需要热情，更需要毅力，甚至更需要时间和耐心。”王应睐话音刚落，一些年轻人坐不住了，有的说：“王所长，咱们得大体定个完成目标的时间吧?”有人说：“王所长，几十年的时间太长了，我们得缩短时间！苏联的卫星都上天了，咱们的胆子为什么就不能大一些?！现在各行各业都在你追我赶，咱们搞科研的也得学习这种精神。”

钮经义听了此话也激动了，他高声说：“合成时间能短则短，这又不是拉面，抻得越长越好。我们遵循科研规律，但也要与时间赛跑！”

他的话赢得了大家的掌声。

这时有人喊道：“钮老师说得太好了！二十年太久，十年吧！”还有人嫌十年太长，应该更短。有一个小伙子提高了嗓门，挥舞着双手大声道：“我们老家有这样一个顺口溜：‘月宫装上电话机，嫦娥悄声问织女，听说人间“大跃进”，你可有心下凡去? 织女含笑把话提，我和牛郎早商议，我进纱厂当女工，他去学开拖拉机。’”

小伙话音刚落，就引来一阵大笑。很快有人大声应和道：“织女都动起来了，咱们也得加快速度，不然嫦娥都会笑话咱们呢！”

王应睐也被逗笑了，他挥着手道：“那我们在时间上就短些，再短些！”

最后，中科院上海生化所经过集体讨论，把合成一个蛋白质的时间压缩到了五年。

在中科院上海生化所的科学家们对人工合成蛋白质跃跃欲试的时候，上海市也正在加紧筹备“上海市科学技术展览会”。有关部门也向全市科技工作者发出了动员令，希望并鼓励大家踊跃参加，把各自的科技宏伟蓝图展示出来。中科院上海生化所也接到了通知，他们商量后决定把人工合成蛋白质这个课题报告给社会，报告给人民。

在一个清凉的早晨，王应睐把李载平叫到了办公室，如此这般向他布置了参展的任务。对合成一个蛋白质，大家心目中还只有一个概念，谁的脑子里都没有一个“谱”。上海市科学技术展览会会务组要求各参展单位、参展个人，把科研项目以海报的形式表达出来，那么“人工合成一个蛋白质”该怎么表现？王应睐说的时候有点含糊，李载平听的时候也是云里雾里。他一边看着王应睐的表情，一边直摸自己的后脑勺。王应睐说：“你别摸了，再摸你的后脑勺，也摸不出一张海报来。”李载平笑笑，晃着双手道："照着葫芦画瓢，可咱们手里没有葫芦呀！所长，那你说这张海报怎么画？"王应睐道："确实不容易表达，你回去好好想想，先找个大概方向。"李载平点点头，最后还想再说点什么，可拍了几下脑门也没说出个子丑寅卯来。

多年后，科学界是这样评价李载平的，说他是中国分子生物学领域的开拓者之一。可1958年某月某日那个早晨正在为海报绞尽脑汁的李载平，还是一位科技新人呢。李载平，1925年8月出生，那时候的他刚刚33岁，还没有研究员、博士生导师、分子生物学家、中国工程院院士等诸多头衔。如今（2016年）91岁高龄的李载平是国家生物工程顾问委员会副主任、国际遗传工程和生物技术中心（ICGEB）评审组成员、中国遗传学会第二届理事会副理事长、国家863生物技术和国家973人口与健康专家组成员。

从20世纪50年代末开始，这位年轻的科研工作者就开始对DNA大分子的结构与功能进行研究，在对这座高峰的艰难攀登中，发现了DNA分子受X射线的隐藏破坏。到了70年代后期，李载平又转入重组DNA研究，不仅克隆了乙肝病毒adr亚型基因组，还做出了全顺序分析，提出了可能有致病性不同的乙肝病毒存在，向世人揭示了adr亚型内还有基因组的多态性。在后来的科研路上，他拥有了更多不菲的成绩，其成果获得过国家自然科学二等奖1项，国家科技进步一等奖2项，国际奖1项。

当年，周恩来总理在上海市科学技术展览会上看到的那张富有联想的人工合成蛋白质海报，就是出自李载平和同事方宇忠之手。几十年过去了，物是人非，当年的亲历者大都作古，已经鲜有人知道那张曾经引起大国总理关注的海报的作者是谁了，自然也就更没有人知道这其中的很多故事了。多少年之后，已经90多岁高龄的李载平回忆起那段印在他心底深处的往事，还是激动不已："那张海报是我们搞的。人老了，就常常想起过去的事，越老越想，有些事是一辈子都会记在心里的，现今仍在脑子里一幕幕地来回转个不停。"老人说着，双目有些潮湿了，"记得1956年中国科学院第一次在全国招研究生，当时，生理生化所招收的第一批研究生有两个人，其中一个就是我，另外一个是佘微明。我读研究生时是跟着曹天钦先生的，后来就跟着曹先生做神经蛋白研究，进展很不错。1958年，全国上上下下都是大干加快干，非常鼓舞人心，你说不受这种氛围影响是不现实的。那时候中科院上海生化所刚刚独立不久，也是充满雄心壮志的，不久就提出了要搞人工合成蛋白质。我记得那个时候，上海市科委要组织一场科技展览会，是全市性的，大型的，他们通知各个单位展示具体目标。我们也有呀！就是那个人工合成蛋白质的计划。王应睐所长就让我和方宇忠去做这件事情。方宇忠很年轻，跟着王应睐所长做科研，那时候他是青年团员，我是团支部书记，都是所里响当当的积极分子，谁也不甘心落后。我们到了科技展览会筹备现场一看，人很多，都在忙碌着。进了会务组，一个工作人员把我们带到了一个很大的会议室里，里面人很多，都围着一张大长桌子画着各自的海报。那位工作人员在桌子一边用手给我们比画出了一块地方，说：'你们就在这里画，需要什么画板、笔、颜料呀，就到会务组去领，今晚 12 点前就得把你们的科技蓝图用海报形式画出来。'我和方宇忠先领来画具，接着就商量怎么画。商量来商量去，我们还是大眼瞪小眼没办法。我对方宇忠道：'王所长可交给了咱们一个难题，画个实物没问题，可这个太抽象了。'方宇忠也急了，一个劲地挠头。我说：'咱们画个蛋白质结构也显示不出是怎么合成的呀?'这时我的脑子突然灵光一闪，马上说，'生命是由蛋白质组成的，只要合成了蛋白质，将来就能合成生命了。人工合成蛋白质就得符合这样一个概念，咱们先画一只大烧瓶，里面再画一个娃娃，就是说中国科学家用化学方法，合成了一个有生命的个体，这样就能体现出蛋白质人工合成的意义和它的科学价值了。'"

李载平说完，方宇忠连声叫好："这样太形象了，通俗易懂!"

李载平很兴奋，他连声道：“我们马上动手吧！”二人布下纸笔，开始忙碌起来。正是夏天，房间里酷热难当，没有空调、风扇，一会儿工夫，身上的衣服就全部湿透了。

李载平回忆说：“蹲在那里一会儿，地上就湿了一大片，我们就像从水里捞出来的一样，口也干得直冒火。方宇忠很幽默，说脚上就差哪吒的两个风火轮了。我们在那忙了一天，到了深更半夜才把海报完成，本来想坐在长椅子上喘口气，可一下子就睡过去了，一直睡到天亮。那工作人员说：‘你们可真够可以的，怎么叫都叫不醒，要是把你们扔到黄浦江里喂鱼你们都不知道。’后来听说周总理看了很高兴，我们都很振奋，可惜当时我们没在现场。本来，这个项目我们是准备用五年时间的，可周总理在展览会上用了个‘激将法’，消息传到我们生化所，大家既兴奋又有压力，王应睐所长马上召开了全所大会，把人工合成蛋白质的时间又缩短了一年，紧接着人工合成蛋白质的工作就开展了起来。完全可以这样说，人工合成蛋白质是中国科学家的一次伟大壮举，尽管后来说什么的都有，但这也抹杀不掉我们这项伟大的科技成果和当年那种精神。我敢说这句话，什么时候都敢说！”

李载平说这话的时候，很有底气，也很有力量，一点也不像一个 90 多岁的老人。这位老人常把自己比喻成窗外的那棵粗壮的香樟树，尽管这棵香樟树树龄已逾200年，可还是生机勃勃，枝干遒劲有力，没有一点老态。李载平说："去年我还登上了华山！只要我还活着，我就要把人工合成胰岛素精神发扬光大。"

1958年12月21日，中科院上海生化所把人工合成胰岛素计划正式上报中科院。时隔不久，人工合成胰岛素就成为国家1959年的头号重点研究项目，被列入机密级，代号为601。

这以后，周恩来一直关注并支持着601计划。

向高峰挑战

一百七十八年前，也就是1838年，世界著名化学家，59岁的瑞典皇家科学院院士、英国皇家学会院士永斯·雅各布·贝采利乌斯，首次用"蛋白质"这一名词描述了蛋清、黏液质等类物质。随后，他的合作者穆德鉴定出蛋白质的降解产物，发现其为含有多种氨基酸的混合物。

蛋白质神秘而又曼妙，犹如赤橙黄绿青蓝紫构成了丰富多彩的大自然内核，也像十二个音符能演奏出优美动人的旋律。蛋白质是一切生命的物质基础，它由二十个氨基酸排列组成，蛋白质种类不同，氨基酸的排列顺序也不一样。蛋白质是机体细胞的重要组成部分，是人体组织更新和修补的主要原料。人体的毛发、皮肤、肌肉、骨骼、内脏、大脑、血液、神经、内分泌等组织，都是由蛋白质组成的，人类每天的饮食保证了人体对蛋白质的需要。

胰岛素在蛋白质中是最小的，存在于人和一些动物的身体中。可以这样说，人类的胰岛素和糖尿病一直相伴相连。1889 年，法国医生爱德华·拉基氏在胰腺中发现了一种细胞簇，他灵感迸发，将此命名为“朗格汉斯之岛”。后来经过试验，他发现其能降低血糖。拉基氏的研究源于一百多年前的英国医生多布森的糖之说。据说，古埃及很早的纸莎草文献中就出现了糖尿病症状的记录，距今已经三千五百多年，也就是公元前 1550 年前后。那时候，还没有“糖尿病”这个名词。时间的脚步走到了 8 世纪，有一位名叫多布森的英格兰医生，在一个明媚的早晨，忽然心血来潮，他把一个病人的尿液拿来测验，竟然发现尿液中有很高的“糖”含量。这一重大发现令他惊喜不已，多布森端着那个病人的尿液高兴得手舞足蹈，最后晃动的尿液溅了他一脸。一旁的女助手见状大笑，多布森抹了一把脸，对那个年轻的女助手说：“美丽的小姐，你是不是有那么一点幸灾乐祸？知道吗？对我来说，这杯带着臭臊味的液体就是我的幸运液。”

多布森靠着这杯“幸运液”，初步断定病人的病是由糖引起的。1776 年的一个秋日，多布森把这种病症命名为“糖尿病”，很多人对这个奇怪的名字都不以为然，甚至讥笑他。多布森并不在意，他对挚友说：“一切事物开始的时候都是陌生的，很多东西时间会证明的。”多布森对小报记者戏言：“灵感当然是由尿而生的，有时候我们不排除和拒绝这种灵感。”他还颇自得地对朋友说：“不要小看我这个命名，我可以预言，不出数年，由于我的发现，人类将会更有效地治疗糖尿病。”多布森去世之后，确实有众多的后来人一直在致力去完成他未竟的事业。

1906 年的一个冬日，在德国柏林一家医院工作的医生乔治·佐勒尔宣布分离出了胰岛素。乔治·佐勒尔兴奋不已，他跑出实验室，面对着漫天的鹅毛大雪大声吼叫着，以此来庆祝他的胜利。乔治·佐勒尔一鼓作气，很快又在胰岛素里面有了新的发现，六年之后获得了一纸专利证书。尽管这样，可人们依然说他是纸上谈兵，没有一点实际作用，这是因为他没能得到足够的提取液来证明其有效性。后来，一位叫艾伦的美国医生经过数次实验，认为饥饿可以缓解糖尿病，于是他致力于推广这种“饥饿疗法”，可有些病人尽管饿得头晕眼花，走路一摇三晃，也没能减轻糖尿病的症状，最后因为收效甚微而不了了之。尽管从 1914 年到 1922 年的八年时间，一度被人们称为糖尿病的“艾伦时代”，可在人类糖尿病史上也难觅他的大名，即便在美国波士顿加斯林糖尿病中心大堂里陈列的那些为糖尿病做出卓越贡献的著名科学家肖像中，也不见艾伦的身影。

虽然人类对糖尿病的研究多以失败告终，可为此努力的脚步一刻都没有停止。1921 年的一天，一位叫麦克劳德的加拿大人结束度假后回到了他在多伦多大学的实验室。一进门，他就听到了一个令人振奋的消息——他的助手班廷和贝斯特有了新的发现。麦克劳德是医学家、生理学家。这一年他 45 岁，班廷 30 岁。其实，这个功劳应该首先归功于班廷，他和贝斯特在狗的胰脏切片中发现，这个犹如一座孤岛似的细胞群含有一种分泌物，他们都盼望着能在这些分泌物中发现新大陆。果不其然，在以后的多次试验中，他们又惊奇地看到，当胰腺的胰岛细胞中的分泌物不足时，就会导致糖尿病。他们又从分泌物中分离出了一种物质，在给糖尿病患者使用这种物质后，患者的症状就会消失。这种治疗结束后，病症又会出现。

麦克劳德听完这个过程后说：“没想到你们找到了一条新的路径!”

麦克劳德 1876 年 9 月 6 日出生于苏格兰邓凯尔德。邓凯尔德是一座历史久远的小镇，悠长的泰河从小镇流过，古老的邓凯尔德大教堂就矗立在泰河的北岸。麦克劳德从小就对动物的解剖图情有独钟，到了如醉如痴的地步，说这才是人类最伟大的作品，由此他的房间里贴满了各种动物的解剖图。麦克劳德在上小学的时候，学校的那只看门狗每次看到他就狂吠不止，好像看到了什么可怕的魔鬼一样。同伴们都很奇怪，纷纷取笑他。麦克劳德竟突发奇想，他对伙伴们说："你们知道吗？我很想把它杀掉，看看这只狗的胰脏到底是什么样的形状和结构。"同学们不解，有人问："狗的胰脏有什么可看的？"麦克劳德一本正经地说："我也不知为什么，奇怪的是这个念头很强烈。"没出几日，他就和几个"臭味相投"的同学把那只狗消灭了。校长爱狗如命，气得七窍生烟，他把麦克劳德叫到办公室，声嘶力竭地喊道："知道吗？主会惩罚你的！你要为你的行为付出足够的代价。今天你必须在我这张宽大的办公桌上画出狗的骨骼图和血液图，否则我让你搂着那只狗的尸骨睡几天觉。"麦克劳德点点头，随之在校长的办公桌上铺开纸就动起手来。等校长再回到办公室的时候，麦克劳德已经画好了，正垂手恭候校长检查。校长俯下身子细细查看，不禁惊叹不已，连呼几声"不可思议"。他对麦克劳德说："你对动物的骨骼和血液流向熟知的程度让我不得不对你刮目相看。孩子，你将来可能是个出色的医生。"校长耸耸肩又道，"也有可能是一名出色的兽医。”麦克劳德笑了，临走的时候，他又回过身来说：“校长，您知道吗？我真想搂着那只狗的尸骨睡几天觉呢。”

麦克劳德大学毕业后，就走上了医学之路，他对糖尿病尤感兴趣。麦克劳德发现胰腺与糖尿病有关，可最初困扰他的是，自己一时无法准确证明胰腺到底起了什么作用。现在看来，麦克劳德小时候杀狗之举不是一场闹剧，也许是冥冥之中的注定。数年后，他和助手从狗的胰脏中得到启示，从而为全世界的糖尿病患者带来了福音。后人为了纪念麦克劳德的卓越贡献，他小时候画的那两幅狗的骨骼图和血液循环图，至今还珍藏在英国亚皮单名人博物馆中。而他的助手班廷，一点也不逊色于他。

班廷是加拿大安大略省阿利斯顿人，1891 年 11 月 14 日出生，在父辈们严厉目光的注视下，他逐渐长大，后来考进了多伦多大学。1912 年他放弃了自己的神学专业，转到了医学院。他对同学说：“现在人类需要更多的医生，我不能坐视不管，主会饶恕我的。”班廷特地选择了外科专业。不久，他和一位同学结下了深厚的友谊，并彼此约定要为这项事业而献身。他的这位同学后来因为远赴中国参加革命并成为一名八路军军医而被人们所熟知，最后他长眠在了中国大地上，他就是诺尔曼·白求恩。

班廷从医学院毕业的1916年，第一次世界大战已经进入了第三个年头，当战争还处在猛烈状态中的时候，班廷选择了应征入伍，好朋友白求恩专门赶来为他践行。一口酒下肚，白求恩说："在战场上救治伤员，对我们来说既是挑战，又是很好的锻炼机会。"

班廷开始在医疗队任医务官，但他并不满足于后方。当1917年的春风吹到泰晤士河两岸的时候，班廷随着前线部队来到了英国，这个时候他已经晋升为上尉了。翌年9月的康布雷战役让班廷一时英名流传。28日上午，炮火骤然猛烈起来，一发炮弹落在包扎所旁，伴随着爆炸声，正在给伤员做手术的班廷突然一个趔趄，差点倒在了一块石头上，他下意识地摸了一下胳膊，右臂血流如注。一个医生见状急忙上来给他包扎，对他说："队长，你马上到后方治疗吧，不然这只胳膊保不住了。"班廷摇摇头，又开始进行手术。夜幕降临，枪炮声零落下来，流血过度且疲惫不堪的班廷一头栽倒在地。等他醒来的时候，已经躺在了英国曼彻斯特的一家军医院里，眼前是一个瘦高个子的军医。班廷摸摸眼睛，一旁的护士给他戴上眼镜："这是您的眼镜。"瘦高个子军医道："你的胳膊伤得很严重，必须马上锯掉。"班廷一下子瞪大了眼睛，急忙说道："不行，绝对不行！你应该知道，胳膊对于一个外科医生意味着什么！如果我失去一条胳膊，还怎么为伤员做手术？这样活着，生不如死！”军医被感动了，同意了他的要求。身为医生的班廷知道，他是在用命赌自己的一条胳膊。人生往往就是这样，在绝望中常常会有奇迹出现。班廷最终如愿。由于他的勇敢和救死扶伤的精神，班廷获得了英国维多利亚十字勋章。

1919 年初春，身体康复的班廷踏上了加拿大的土地。他被安排到一家军队医院，从事人体矫形工作。班廷并不满足，他想为更多的人医治，而不是仅仅局限在军队。他想退出现役，拥有一家自己的诊所。父亲及家人很赞成他的想法，出资专门为他在伦敦市的阿德莱德街购买了一栋两层楼的房子，一楼是诊所，二楼是住处。

诊所是 1920 年 10 月开业的，周围的居民们开始并不认可他，觉得军医都是抢救伤员的，治不了大病，到他的小诊所看病的人寥寥无几，一天下来收获甚微。班廷虽然苦恼，可他不气馁，决心在医学上闯出一条光明大道来。为了解决眼前的糊口之急，他业余时间就去医学院给学员们当解剖教员。解剖对这位军医来说不是个难事，在战场上的时候，那种粗鲁的解剖每天都不计其数。在学员们看来，他的手法虽然不是很精细，可令人过目不忘。班廷对人的胰腺和糖尿病情有独钟，也有简单的研究。在一个寂静的夜晚，他为了准备第二天关于胰腺的教案，开始翻阅自己从部队上带回来的那一大箱子医学书籍。在一份医学杂志上，他偶然看到了明尼苏达大学教授摩西·巴伦写的一篇关于胰腺导管结石病例的报告，班廷细细读来，脑海里迸发出了一连串的火花，为此他兴奋不已，不时喝一口劣质的伏特加。读到凌晨2点时，困意袭来，迷迷糊糊中，班廷随手在一张纸条上留下了这样一行文字："糖尿病狗胰管结扎，令狗存活，直到病变腺泡从胰岛中去除；试图分泌它们的内分泌液，以排泄糖尿。"

班廷一觉醒来，他没在意满屋的酒气，而是为自己在无明确意识之下写下的纸条兴奋不已。他自言自语道："看来灵感不仅仅属于作家。"准备好下午的教案，他又回到了现实生活的窘境中，接下来有两个选择摆在了他的面前，是投到多伦多大学的麦克劳德门下，还是去担任野外勘探队的随队医生呢？班廷处在人生十字路口，有些茫然和无所适从。最后他决定投掷硬币来做自己的选择，如果是反面，就去当随队医生，过那种风餐露宿的日子，几次下来，抛币的结果都是正面，他觉得这是天意。由此他义无反顾地踏进了多伦多大学的校门，走进了麦克劳德的实验室。

1920年11月8日的上午，班廷站在了他仰慕已久的麦克劳德面前，他笑了笑，幽默地说："先生，是一枚硬币让我来的，我想，这也是上帝的意思，希望您能帮我实现我的灵感，这个灵感是关于糖尿病和胰岛素的。当然，我会为您的实验尽一点微薄之力的。”麦克劳德正需要一位助手，心下暗喜，他握了握班廷的手，道：“相信你的选择是没错的，我面临选择的时候，也是用这种办法来获取上帝指令的。有什么条件吗?”班廷点点头说：“很简单，给我提供十条狗，还有一个助手。”麦克劳德咧咧嘴笑言：“我从小就钟情于狗，看来你对狗也有同样的感情。我们会合作得很愉快的！也许狗能给我们带来好运呢，不信试试看!”尽管麦克劳德给了班廷一个欢迎的姿态，可他对眼前这位年轻的医生还是半信半疑。

1921年的一个夏日，班廷的学生贝斯特拿着针管，同往常一样走到一个关狗的笼子前，他看看挂在狗脖子上的牌子，这只编号406黑白相间的狗也看了一眼贝斯特，它好像明白了此刻自己的命运，无力地耷拉下了脑袋。贝斯特自言自语道：“亲爱的狗，希望你能给我们带来好运!”说完，他给狗注射了一管胰腺提取物，然后把狗从笼子里拉了出来。班廷从远处走过来，和贝斯特看着这条昏昏欲睡的狗。过了一段时间，已经完全昏迷的狗又站了起来，没走多远，就倒毙了。

随着一次又一次的实验，有数条狗被班廷和贝斯特送上了不归路，最终编号 406 的狗，也就是供实验的最后一条狗，完成了使命。

最后证明，提取物是有效的。

麦克劳德把这种物质命名为胰岛素。

麦克劳德一直致力于糖代谢研究，且已经成绩斐然。他没有想到自己的助手短时间内在胰岛素研究中便取得了这么大的成果，麦克劳德不禁又惊又喜。他说："你们知道吗？这将是人类糖尿病史上的一次重大革命。"班廷道："先生，我真诚地希望您加入这个研究中来。"

麦克劳德点点头，决定改弦易辙，把实验室的研究方向转为胰岛素。二人都坚信，他们在胰岛素上将会有惊喜的发现。

果然，麦克劳德与班廷的合作让他们一起走向了辉煌，狗也确实给他们带来了好运。可是，一个难题也摆在了他们的面前，麦克劳德对班廷说："提取成功了，但胰岛素的含量少，也需要去掉杂质。"班廷和贝斯特面面相觑，一时找不到更好的方法。麦克劳德请来了一位叫詹姆斯·伯特伦·科利普的生物学家，他是一位提纯高手，他采用了 90%酒精提取法，把班廷他们的制剂纯度推到了高峰。科利普自信地说："先生们，我想，制剂用这种方法提纯后，完全可以用在病人身上了。"

提纯后的胰岛素用在了一位男孩身上，男孩的血糖很快就降到了正常值。这位男孩靠胰岛素，活到了20多岁，最后因为一次严重的病毒性感冒引发肺炎离开了人世。

不幸的是，1941年2月21日，穿梭在第二次世界大战炮火中救治伤员的班廷因飞机失事遇难。

因为班廷在医学上所取得的成就，他的故居得以保留了下来。在他卧室的床头柜上，如当年一样还放着那张灵感纸条，不过，不同的是，纸条已经被复制品替代了。据说，原件当年曾被班廷随意夹在一个笔记本里，后来幸亏多伦多大学图书馆那位细心的管理员，她在打扫卫生时发现了这个落满灰尘的本子，多年的经验告诉她，这张不起眼的纸条在某一天也许还会有用。正是因为她没有随手丢弃，那张珍贵的原件才完好无损地保存了下来。那个时候班廷根本无法知道，在数年以后，他的这张纸条竟被多伦多大学费舍尔图书馆作为馆宝珍藏起来，早知如此，他肯定会视其为珍物的。要知道，这个图书馆是以收集欧洲文艺复兴时期最重要的作家、杰出的戏剧家、诗人莎士比亚作品的稀有版本乃至孤本而扬名在外的。如今，在班廷的卧室，人们把他当年用的闹钟指针定格在了凌晨2点——这个天才给世人留下那张充满灵感的纸条的时候。

为了纪念这位行伍出身的医学家，美国糖尿病协会特地把美国糖尿病研究最高奖命名为“班廷奖”，以此来奖掖那些为治疗糖尿病做出突出贡献的人们。

1921 年，麦克劳德、班廷、贝斯特和詹姆斯·伯特伦·科利普向世人正式宣布发现了胰岛素，并很快用于临床。瑞典首都斯德哥尔摩的卡罗林斯卡医学院为了褒奖麦克劳德和班廷，把 1923 年的诺贝尔生理学或医学奖颁给了他们。

至今，注射胰岛素仍是全球糖尿病患者最佳的治疗选择。

在麦克劳德和班廷获得诺贝尔奖三十年后，也就是 1953 年，美国的生化学家文森特·杜维尼奥把九个氨基酸成功接在了一起，人类终于获得了人工合成的催产素。在这之前，天然催产素数量无几，价格昂贵，很多家庭无力承担，文森特·杜维尼奥的人工催产素给更多分娩困难的孕妇带来了福音。1955 年，这位美国生化学家因此获得了诺贝尔奖。

在世界各国众多科学家致力于胰岛素研究的时候，英国的桑格十年磨一剑，最终比他人先行一步，叩开了胰岛素神秘的大门。在这之前，胰岛素就似一个掩在纱帐里的曼妙女子，她清傲优雅而又迷人，让众多科学家为之怦然心动，可又不能一睹芳容。

桑格 1918 年 8 月 13 日出生在英国格洛斯特郡，他从小好学，可在剑桥大学学习时却表现平平，即便如此，他还是于 25 岁那年顺利地拿到博士学位。当医生的父亲曾告诫他："人生没有多少侥幸，一切都是靠奋斗换来的。"当桑格意识到寻找自己出路的严峻性和重要性的时候，他给校方写了一封信誓旦旦的自荐信，言称只要学校收留他，将来自己肯定会成为一位科学家的。校方对桑格的言语也只当个戏言，可还是录取了他。他的实验室是一间地下室，冬天寒冷，夏天潮湿，而且还是和别人共用的。桑格很相信父亲的话，他觉得付出的汗水往往比那一丁点的天才更重要。他的导师叫阿尔伯特·纽伯格，在桑格看来就是虚拟的，在最初几个月，几乎就没有看到过导师。那时候，几乎没有人看重桑格。后来，桑格的导师觉得桑格越来越勤奋了，他终于现身指导起桑格。

1943 年，桑格以他的好学和平日的表现被留在了剑桥大学工作，导师不好意思地跟他说："你的实验室还是那间地下室，我相信你很快会有一个像样的实验室的。"桑格皱了皱眉头，耸了耸双肩，说："先生，我不以为那里有多差，那些小白鼠还是挺可爱的，就是气味太重了些。"导师点点头道："接下来你的任务是测定胰岛素的氨基酸组成序列。蛋白质组成了有机生命，我们想看一下胰岛素是由什么样的氨基酸组成的。"

桑格果然有一种坐得住冷板凳的精神。他在这间地下室里，反反复复做着一种实验——胰岛素氨基酸测序，且用了整整十二年的时间。

桑格有时说天才就是无稽之谈，可他在测序中却灵感迸发，摸索出了一种类似孩子拼拼图一样的测序方法，再配上荧光染料。桑格的助手开始不以为然，特别是在桑格调制荧光剂的时候，更觉得他只会“玩孩子把戏”。他的助手在阿尔伯特·纽伯格面前抱怨说：“他只会拼图和颜色，应该去教孩子美术更合适。”

“这才是桑格应该有的样子！”阿尔伯特·纽伯格玩味地笑了。

在桑格眼里，被他拆开的氨基酸就是一个个着装不同的小生命，他用荧光剂把某一个染成黄色，这样这个氨基酸就有了明显的记号，一目了然。

1955 年初，桑格经过数次实验，最终把胰岛素两条氨基酸链拆开了。桑格激动得泪流满面。胰岛素好似被桑格的深情和眷恋感动了，摘下了她神秘的面纱，最终给了桑格粲然的一笑。这一年，桑格 37 岁，他对助手说，这是胰岛素女神送给他的最好的生日礼物。

在那个灿烂的下午，桑格欣喜地发现，胰岛素两条氨基酸链就像少女挥舞的长袖，两链中间，还有两个二硫键连着。桑格高兴地对助手说：“我们试着把两条链上的氨基酸一一切开，肯定会有奇迹发生的。”桑格用化学试剂和酶等果然把它们分开了。多么神奇啊！A 链由二十一个氨基酸组成，B 链则由三十个氨基酸组成，分别称为二十一肽、三十肽。桑格不仅摸清了两条肽链上的氨基酸排列顺序，还测定了牛胰岛素完整的一级结构。从辩证角度看，能拆就能合，桑格想把它们合起来，但最终未能如愿。他发现，A、B 两条链合起来，竟得不到一点活力。他觉得很奇怪，可又无能为力。即使这样，他也因为完成了胰岛素的分子化学结构阐明测定而戴上了 1958 年诺贝尔化学奖的桂冠。不久，桑格有了一处明亮宽大的实验室。临走时，他专门去了那间地下室，向那些可爱的小白鼠做了最后的告别。

1980 年，已经 62 岁的桑格宝刀未老，又设计出了一种测定 DNA（脱氧核糖核酸）核苷酸排列顺序的方法，与 W. 吉尔伯特、P. 伯格一同获得了当年的诺贝尔化学奖。桑格是世界上第四位两次获此殊荣的科学家。

这位瘦瘦的基因组学之父总是以谦恭的态度面对每一个人，他诙谐地说：“知道吗？我的助手当年说我是一个在实验室乱搞的人，这话一点都不为过，事实确实如此。”

英国女王伊丽莎白二世本来是要给桑格封爵的，桑格婉言相拒，在 1983 年去了乡下寻一隅而居。三十年后，他在睡梦中安详而去，留下满园的花香，享年 95 岁。

朋友们说他是一个最会急流勇退的人。在实验室里，他的实验做得最好；在乡村，他是一个最会打理花草的人。

也许很多人会问，有了桑格阐明的胰岛素一级结构，就像人工合成催产素一样，人类也应该可以合成胰岛素了。非也！其实，仅仅有这样的一级结构是远远不行的，蛋白质本身具有复杂的高级结构，有一个折叠、扭曲、螺旋式的复杂空间结构，如果合成的产物不能形成与天然胰岛素同样的高级结构，合成产物就没有活性。中国科学家在以后的合成过程中，感觉到氨基酸链很有个性和韧劲，一时很难把它扭成像咱们吃的麻花那样的造型。

可美国康奈尔大学的卡佐亚尼斯并不服气，那个时候，年轻的卡佐亚尼斯不仅是这座著名大学生化系的副教授，还是被人们誉为多肽合成之父的文森特·杜维尼奥的得力助手。当卡佐亚尼斯知道桑格在胰岛素方面获得成功后，也跃跃欲试。他对文森特·杜维尼奥说："先生，您曾成功地合成了催产素，现在桑格教授又把胰岛素的结构确定了，我想，我们可以去合成胰岛素了。我敢预言，人类从动物胰脏里提取胰岛素的时代即将过去，以后医院临床会用我们人工合成的胰岛素了。"文森特·杜维尼奥看了一眼这位年轻的副教授，道：“催产素只有九个氨基酸，胰岛素有五十一个，这可是一个蛋白质呀！年轻人，你的预言恐怕要等后人才能实现。”

卡佐亚尼斯急了，想再次说动眼前这位已经功成名就的长者。文森特·杜维尼奥轻轻拍拍他的肩膀道：“科学容不得心急，只能一步步往前走！”说完便走开了。卡佐亚尼斯摇摇头，从这一刻起，他决心自己干。

这一年酷夏的一天，卡佐亚尼斯告别文森特·杜维尼奥，背起行囊到希腊去做访问学者了。半年后的初冬，他打道回府，来到了美国匹兹堡大学。学校很看重他的到来，专门为他建了宽大的实验室。在这里，卡佐亚尼斯如鱼得水，用他在希腊做访问学者时勾勒的人工合成胰岛素蓝图，开始了他的探索之路。

有着这一番雄心壮志的还有联邦德国的查恩，这位生化学家曾一直致力于研究羊毛，一根细小的羊毛也是蛋白质，与胰岛素相同的是，也含有二硫键。据说，查恩转向胰岛素研究的过程很富有戏剧性，他的学生有一天建议可否试试胰岛素的合成，查恩这些年都围绕着羊毛转，朋友们都说他一身的羊膻味，让人躲避不及。查恩说：“是得去掉身上这股刺鼻膻味了，要不我都成了羊的标本了。”于是，他改弦易辙，重起炉灶，转向了胰岛素的合成。

英国著名杂志《自然》周刊是世界上最早的国际性科技期刊，自1869年创刊以来，一直站在国际高度报道和评论全球科技领域里最重要的突破，它的权威性可想而知，对胰岛素研究进程它始终给予重点关注。就在1958年秋天，《自然》杂志在综合梳理了世界各国胰岛素研究的进程后，下了一个权威性的结论："人工合成胰岛素，还有待于遥远的将来。"

这个看似断言的结论中，还在"将来"的前边特地加了"遥远"二字加以强调，从中可以看出，人工合成胰岛素并非易事，也不是一朝一夕就能完成的。

那么遥远是多远呢？

起码很多在这个领域奋斗了数年的科学家还没有看到希望。

在这种大背景下，中国科学家却勇敢地选择了人工合成胰岛素这一生命领域的重大难题，他们不仅要啃下这块一时让人无从下手的硬骨头，还要把合成时间缩短到五年，以后又是四年、三年、一年，甚至要在1959年国庆前夕完成，向新中国第十个华诞献上一份厚礼。

人工合成胰岛素意味着什么？意味着人类进入了人工合成蛋白质的时代，在探索生命本质的路上迈出了最关键的一步。

为了抢在世界同行之前完成任务，中国科学家的研究是秘密进行的。1958 年底，中央有关部门就此还专门给中科院发出了这样的指示和要求：凡国际上没有做成的东西，我们要抢先一步做出来，这样才更有国际意义。你们在研究合成这一过程中，要严加保密，不能向外界透露一点信息，更不能把我们的研究步骤、进展情况发布到社会上。

中科院对此高度重视，迅速把这一要求以机密文件的方式传达给了中科院上海生化所以及其他单位。在这之后，关于胰岛素的一系列报告、文件都加了密级。在世界各国同行研究没有正式发表之前，中国科学家不得率先发表。

邹承鲁后来曾回忆道："其实那时候国内外通信闭塞，彼此之间就像在两个星球上一样。我们开始合成胰岛素一段时间后，才辗转听说国外有两个小组也开展了类似的研究工作，一个是德国的，一个是美国的。"

中科院上海生化所研究员杜雨苍生前也有类似的回忆："对国外同行的研究情况，中国科学家是到了 1960 年后才知晓的，国外对我们的了解应该也是这样的。在这之前，他们不知道我们，我们也不知道他们。"

其实，在世界科学家进行胰岛素合成的过程中，德国的科学家查恩最初只把美国的科学家作为了竞争对手，而美国的科学家卡佐亚尼斯比查恩更早一些就知道中国人也已经开始了胰岛素的合成工作。

第二章　攻关　攻关

是从零开始的

中国科学院上海生化所坐落在上海市徐汇区岳阳路320号大院内。徐汇区因历史上的一个人物而得名，此人名叫徐光启，为明末大臣、天主教学者。相传3世纪吴赤乌年间，徐汇之地就建有龙华寺。时至元末明初，黄道婆向黎族学习并革新种棉织棉技术后，远赴上海地区传授纺织技艺。在黄道婆的推广下，上海地区遂成为棉纺织行业的中心。明代科学家徐光启思想开明，善于中西贯通，他把西方科学文明引到了古老的中国，为近代中国科技发展打下了基础。他到了上海后，给上海的棉纺行业带来了一场革命，因为徐光启和他的后人常年居住于此，久而久之，人们就称这里为“徐家汇”，徐汇区因此而得名。古老的徐汇人在这片热土上留下了各个时代的建筑，也种下了丰厚的文化。从历史深处走来的龙华寺，是大上海现存历史最悠久，也是规模最宏伟的佛教圣地，一直保持着宋代“伽蓝七堂制”风范。

20 世纪 60 年代，中国科学家就是在徐汇区岳阳路 320 号成功地合成了让世界同行都为之震惊的人工合成胰岛素的。英国首相撒切尔夫人在参观中科院上海生化所的时候，曾有感而发：“徐汇是个出奇迹的地方!”作为生化所所在地的岳阳路，也一度成了科技发展的标志。岳阳路并不宽，两边是粗壮的法国梧桐。据史料记载：岳阳路原名为祁齐路，1912 年由法租界公董局修筑，距今已有一百零四年的历史。当时，公董局有一位董事名为祁齐，他为这条路的修建立下了汗马功劳，路名便由此而得。坐落在岳阳路 320 号的大院，也诞生在历史的深处。20 世纪 20 年代末，日本人梦想在上海建一座大型的自然科学研究所，最后他们把目光投向了徐家汇路与祁齐路交叉口的那片地。很快，他们就从“庚子赔款”中，拿出 82500 两白银，买下了这里的五十五亩荒地。日本人并不满足于此，他们得陇望蜀，如法炮制，后又购得土地数亩，于 1930 年春天建起了这座自然科学研究所。所谓“庚子赔款”，西方人称为“拳乱赔款”。1900 年，也就是庚子年，英国、法国、德国、俄国、美国、日本、意大利等八国联军一路杀进了北京紫禁城。翌年9月7日，清帝派庆亲王奕劻、北洋大臣李鸿章与十一个国家签订了丧权辱国的《辛丑条约》，即《解决1900年动乱最后议定书》。议定书规定，清政府从海关银等关税中拿出4亿5千万两白银赔偿给上述各国。仅此不够，列强还得寸进尺，强迫清政府按照每年4%的利息率，以各国货币汇率结算，分三十九年还清。

自然科学研究所始建于1929年，翌年竣工，尽管已逾八十六年（2016年），可未见多少苍老，依然显得雄浑、牢固。这座外貌透着哥特式风格的建筑，线条粗犷，纵向窗间墙凸起向上，一路层层缩进，最后似奋力一跃，冲出了女儿墙。整栋楼主体共三层，主入口处五层。据说，这座研究所的设计图出自日本内田祥三之手。内田祥三1907年毕业于东京帝国大学工学院，20世纪20年代，他因设计了东京帝国大学建筑而扬名。为了能在中国的大地上留下所谓大日本帝国的雄风，内田祥三把建筑刻意设计为“日”字形，从高空鸟瞰，这“日”字如镌刻在大地上一般。

抗战胜利后，这座自然科学研究所被国民党接管，后成为国民党中央研究院，院长为冯德培。1949年5月25日，人民解放军进驻上海，不足一个月，上海军管会就接管了中央研究院，带队的是李亚农。李亚农毕业于日本东京帝国大学，是一位颇有建树的知识分子，曾任新四军敌工部副部长，是陈毅元帅的得力部下。他奉命进驻中央研究院不久，遂被任命为中国科学院华东办事处主任。李亚农没有想到，数年后，他的儿子继承衣钵，成为中国科学院上海生化所的党委书记。李亚农晚年常对儿子这样说："内田祥三设计了帝国大学，又设计了自然科学研究所，可我这个从帝国大学毕业的学生，偏偏就接管了他的自然科学研究所，这是他绝对没有想到的！"

除此之外，内田祥三还有一个没想到，他精心设计的那座用"庚子赔款"余款建造的自然科学研究所，在数年后成了中国生化研究的重镇和翘楚，并在这里诞生了令世界震惊的人工合成胰岛素。

历史总是富有戏剧性，也意味深长。

对中国科研人员来说，人工合成胰岛素是一个陌生而又神奇的领域，开始无路可循，怎么办？三个臭皮匠顶个诸葛亮。所长王应睐三天两日召集大家开"神仙会""皮匠会"，一时间，大会小会连轴转。那个年代，生化所年轻的科学家们度过了一个又一个不眠之夜。

就是在一场"神仙会"上，钮经义提出不要急于下手，先操练一下，练练兵。那个夜晚，与会人员的目光都聚集到了钮经义的身上，怎么操练？怎么练兵？人们都急于在钮经义宽阔的额头上找到答案，在他那张白皙的脸上找到蹊径。大家发现，钮经义眼镜片后那双细小的眼睛闪烁着，好像随时都要迸发出灼灼的灵感火花。

见大家都在盯着自己，钮经义一时没有吭声，只是摸着自己的额头。王应睐见状笑了，他看了一眼钮经义，道："经义，你有什么好办法？说说看。"

钮经义也跟着笑笑，看了大家一眼说："目前，世界上已经合成了催产素，大家知道，催产素有九个氨基酸，也含有二硫键，我们就先从合成催产素开始练手。"

大家听了，都觉得这个办法好。王应睐点点头，他知道，在生化所众多的科研人员中，钮经义对合成胰岛素是有一定发言权的，他早年留学美国时曾从事过一些有机合成实验，在蛋白质一级结构测定中获得了很多研究成果。

对年轻的钮经义来说，王应睐是他的伯乐。当然，王应睐还是生化所众多千里马的伯乐。这是后话。钮经义出生于江苏兴化，祖父是清代举人，父亲则是闻名十里八乡的秀才，祖辈多年躬耕于私塾，可谓书香世家。耳濡目染，受家庭熏陶，少年钮经义从小就有很强的求知欲，他好学，肯钻研，成绩都是一路领先。1938年，钮经义因学习突出，被保送到昆明西南联大化学系学习，师承著名学者高崇熙、朱汝华、黄子卿、曾昭抡、钱思亮。抗日战争结束后，钮经义动了出国深造的念头，经过一番准备，于1948年酷夏来到美国得克萨斯大学学习，几年后就获得了生物化学博士学位。后来，钮经义凭着自己的实力，又敲开了加州大学伯克利分校病毒研究所的大门，短短两年间，他在蛋白质一级结构测定中的工作令同行刮目相看。

钮经义在美国科技界锋芒显露，引起美国当局的关注，很多“好处”“许诺”接踵而至。可是，美方的橄榄枝没有挡住钮经义投向祖国的目光，相反，随着他科研水平的日益提高，他报效祖国的念头也越来越强烈。朝鲜战火燃起后，他更是归心似箭，他的导师弗朗克-康拉很不理解。

在一个冬日，弗朗克-康拉特地把钮经义请到咖啡店说话，导师啜了一口浓浓的咖啡道：“为什么要回国呢？美国是最能让你展露才华的地方。你也知道，加州大学伯克利分校在美国赫赫有名，从这里走出了多位诺贝尔奖得主。这里有一流的实验室、一流的设备，你在这里，用你们中国的成语来说，就是如鱼得水，如虎添翼。”导师又急切地加重语气道，“钮，如果你留下，我敢肯定地说，你将是又一位加州大学伯克利分校获诺贝尔奖的科学家。”

弗朗克-康拉是美国负有盛名的生化学家，钮经义对他敬佩有加，他沉思了片刻，道：“先生，中国目前还很落后，可那是我的祖国，我们中国有句老话叫‘儿不嫌母丑，狗不嫌家贫’，您可能不知道吧？祖国穷了，我们不能躲得远远的，而要出一把力；母亲丑了，我们给她装扮。新中国百废待兴，正是需要我们这些海外游子的时候。”

弗朗克-康拉最终没能说服他，只得摊开双手，连声说着“可惜，可惜!”。钮经义也知道可惜，他知道，有大师的教诲，有当下的科研条件，自己会走得更远，也更有收获。可他深知，他的根在中国，他要回到自己的土地上生长。

临分手时，导师握着钮经义的手说：“尽管你没选择留下，可你的行为值得我敬重!”

之前，钮经义曾多次申请回国，被美国当局以各种理由拒绝。那个年代，特别是那些学理工科、医学的留学生大都有如此的经历，美国当局严令禁止他们回国。因此对于在生化领域已经崭露头角的钮经义来说，归国之路就更加艰难了。朝鲜战争落下帷幕后，钮经义加快了回国的步伐，他顶住美方的威胁、利诱和跟踪，经过艰辛奔波，到 1956 年 4 月最终拿到了美国移民局一张放行的公文。那一刻，钮经义悲喜交集，泪流满面。他晃着手中的公文，对移民局的官员大声吼道：“为了回家，我在你们这里申请了六年多，这就是你们美利坚合众国所谓的自由吗?!”那个肥胖的官员面露愠色，正要动武时，钮经义的同伴见状不好，拉起他就急急走了。

这年4月的一天，钮经义踏上了美国威尔逊总统号邮轮，开始了他的归国之旅。在巨大的邮轮驶离码头那一刻，泪水一下子溢满了他的眼眶。他太激动了，此时此刻他抑制不住满心的喜悦，连声自语道：“我要回国了，终于回国了!”

经过两个多月的旅途，钮经义终于站在了祖国的土地上。他觉得自己从来没这样踏实过，真正体会到了“脚踏实地”的滋味。随后，他应邀来到了北京。从美国出发的时候，还是人间四月天，如今已是炎热的夏日，祖国到处都是欣欣向荣的景象，钮经义内心无时无刻不被感动着。他受到中科院领导热情的接待，他感到了火一般的温暖。没出几日，一位年轻的女性来拜访他，她叫王芷涯，是中科院上海生化所的党支部书记。王芷涯时年30有余，1945年参加革命，解放战争初期就在上海女子中学从事地下工作。一见到钮经义，她就笑了，是那种爽朗的笑声，听起来悦耳，让人亲近。她握着钮经义的手道：“钮先生，您是从事蛋白质研究的专家，我们都希望您能到生化所去。所长王应睐先生曾向您发出过郑重的邀请，我今天是来当面请您的。您可一定要去呀，刘备请诸葛亮是三顾茅庐，我们六顾茅庐也不抱怨，只要能请到您就行。”王芷涯说完，又是一阵爽朗的笑声。随后，她热切地看着钮经义。钮经义被王芷涯的笑声和热情感染了，他连声道：“我很乐意！我很乐意！王应睐先生已经向我发出多次邀请了，我不能无动于衷啊！再说，这么大热的天您又亲自从上海赶来，我要是拒绝就太不近人情了。”钮经义笑了笑，接着说，“我稍加准备就马上赶过去。”王芷涯大声笑着说：“其他单位该有意见了，说我是来抢人才的，说不定要送我个‘女张飞’的绰号了呢。”

真是快马加鞭，钮经义和王芷涯会面后不久，他就踏上了开往上海的火车。那是一个小雨霏霏的上午，在生化所的所长办公室，王应睐紧紧握住了钮经义的手，这位帅才科学家高兴地笑了，那笑容一直延伸到了眉梢。生化所的人都知道，王应睐爱才如命，每得一人才，他都如获至宝。他握着钮经义的手，握了很久很久，也很有力。钮经义从王应睐有力的双手中感到了一种力量，感到了一种不需言说的契合。

很快，王应睐就把钮经义分配到曹天钦研究组，专事原肌球蛋白的C-端分析工作。这之后，钮经义迅速成长为中国著名的生物化学家。鉴于他在多肽合成研究中的成就，1980年他当选为中国科学院院士。

1958年中期，钮经义开始挂帅练兵，麾下有许根俊、陈常庆、王尔文、黄维德等人，可谓精兵强将。后来成为著名生化学家、中科院院士的许根俊时年23岁。其他人也都与许根俊年龄相仿，皆是青年才俊。这年10月，人工合成催产素已初见雏形，又过了数日，九肽合成物已经出现在玻璃试管里。实验当天，他们邀请中科院生理研究所的专家鉴定。众目睽睽之下，黄维德小心翼翼捧出盛有合成物的试管，紧接着又拿出针管，抽出试管中的合成物，把针扎进了兔子的身体里，随后她用灵巧的手指一推，合成物便注入兔子的肌体中。过了一会儿，专家通过仪器发现，兔子的子宫收缩了，人工合成催产素起作用了，专家们严肃的面孔上露出了笑容。这笑容就是成功的信号，大家很快都被感染了，一阵阵掌声响了起来。许根俊、陈常庆、王尔文也都忘情地鼓掌，一下、两下，越来越热烈，这是凯旋者的喜悦。年轻的黄维德用双手捂着脸，喜极而泣。她能不高兴吗？这项研究耗去了大家多少心血?！黄维德纤细的手指上，还留有实验时被烧伤的疤痕。钮经义道："这疤痕应该叫功勋疤！"一句话逗笑了黄维德。她说："为了催产素，值了！"

虽然试验初步成功了，可钮经义要求再精益求精，他说："我们的目标是用到临床上去。"钮经义和他的团队在 1959 年国庆节来临时终于拿出了合格的人工合成催产素，上海生物化学制药厂闻讯而来，以最快的速度从生化所取得了技术转让书。1960 年初春，上海生物化学制药厂正式投入人工合成催产素生产。

而对生化所的科学家来说，人工合成催产素投产不是他们的目的，他们只是将其视为一次成功的大练兵，最终由人工合成催产素攀登到人工合成胰岛素的高峰上去。

开始没有欢呼

中科院院士、著名生化学家龚岳亭先生 1928 年出生，时年 30 岁。他后来回忆道："1958 年全国热火朝天，科技人员也不例外，大家都希望在不太长的时间内攀登世界科学高峰，像其他行业一样，我们也能放出一颗'科学卫星'，振奋一下人心，为祖国科学事业做出贡献。

"那个时候，中国科学院上海生物化学研究所在王应睐、曹天钦、邹承鲁、钮经义、沈昭文等先生的带领下，老、中、青科技人员三结合，结合得很有力，就像一个握紧的拳头。所里有一些刚从大学毕业的青年，真是‘初生牛犊不怕虎’啊！他们敢想、敢说、敢干。大家充分发扬科学民主精神，邀请国内有关专家来参与学术讨论，他们会为某个观点争得脸红脖子粗，真正是百家争鸣，各抒己见，‘人工合成胰岛素’刚提出来，上上下下都支持。如果成功了，这不仅是科学上的创举，也有一定的哲学意义。恩格斯在《自然辩证法》中就说过：‘生命是蛋白体的存在形式……’因此一旦合成了，既有重大的科学意义，又攻克了世界上尚未突破的难题。蛋白质与核酸两类生物大分子体现生命的物质基础，蛋白质是生命活动的主要承担者，它调节生长、发育、繁殖代谢和行为等生命过程。人们如果能解决人工合成的问题，乃至创造出不存在于自然界的蛋白质‘变种’，不仅对深入了解生命现象与活动规律有重大意义，而且可以为人类的生产实践开辟出新的天地，在生命科学研究的漫长道路上树立一块重要的里程碑。

“有关蛋白质研究领域集中于它们的生物功能和物化性质，而对结构与功能之间的关系了解是不够深入的，对化学合成具有高级结构的蛋白质则更知之甚少，弥漫着‘神秘色彩’。要知道，选定胰岛素作为人工合成蛋白质的对象时，首先要解决三对二硫键能否正确配对问题。其次，多肽合成在当时国外的最高水平，也仅有 a-促黑激素（a-MSH）由瑞士罗伯特·施维泽研究合成的实例，国内只有初步合成催产素的经验，美国科学家杜维尼奥因合成催产素（九肽）获得了诺贝尔化学奖。合成工作中需要大量氨基酸原料和化学试剂，咱们国家还不能自给，要花大量外汇采购。再就是还要建立一整套蛋白质、多肽纯化和分析技术。尽管有着上述许多困难，可大家敢想敢干，我们先着手做天然胰岛素的二硫键拆合和氨基酸生产，再就是多肽化学合成。”

直到晚年，龚岳亭对当年的情景依然记忆深刻：“巧妇难为无米之炊呀！那个时候真是白手起家，除了两个拳头，什么都没有。我们夜以继日，在很短时间内就结束了国内不能自制整套氨基酸的历史，保证了胰岛素合成工作顺利进行，而且还创办了生化所东风厂，不仅保障了我们自己，还供应了全国。”

人工合成胰岛素成了那一代科学家永远抹不去的记忆。每次说起往事，王应睐都激动不已：“在人工合成胰岛素的过程中，我们闯过了许多异乎寻常的难关，做了前人没有做的事情。1955 年，当桑格第一次阐明胰岛素结构的时候，英国《自然》杂志就预言合成胰岛素将是遥远的事情。实话说，他们的预言并不保守，也不武断。但是，谁能想到，仅仅三年的时间，中国人就敢做出跨越这个‘遥远’的决定？那时候，我们攀登的珠峰不是一座，也不是几座，而是无数座，可我们最终都胜利地攀登了。”

1958年深秋，上海生化所的人工合成胰岛素工作正紧锣密鼓地进行着。应该这样说，最初，所长王应睐的压力是很大的，对人工合成胰岛素，他同科研所众多科研人员一样向往，可成功与否，他在心中打了一个很大的问号，承受着更大的压力。

深夜，万籁俱寂，整个大上海都已经沉睡了。这个时候，王应睐还坐在自己的书房里写着计划。墙上的老式挂钟响了，他抬头看了看，时针已经指向了凌晨2点，他揉揉有点涨痛的太阳穴，又陷入了思索。他在想，人工合成胰岛素仅靠上海生化所一己之力是远远不行的，应该寻找多个得力的合作伙伴。他在脑海里一一搜寻着国内势头强劲的大学、研究所，他想到了北京大学，北京大学的有机教研室可谓兵强马壮。另外，合成胰岛素一个重要的环节是对肽链的有机合成，再就是酶促合成，生化所在有机合成方面缺少经验，鉴于此，得邀请中科院上海有机化学研究所加入。

第二天上午，王应睐就把这个想法告诉了大家，曹天钦、邹承鲁等人一致赞成。很快，生化所就派人到北京邀请北京大学参加。北京大学素来就是开先河的，在人工合成胰岛素一事上是一拍即合。复旦大学的生化教研室也有意参加，该生化教研室是在中科院上海生化所鼎力相助下成立的，开展教学才几个月的时间，王应睐等几位生化所的科学家还是那里的兼职教授。复旦大学的生化实力王应睐了如指掌，对复旦大学自告奋勇加盟一事，生化所开始并没有接受，后经复旦大学再三要求，生化所才将其列入合作单位。

对邀请中科院上海有机所合作的事，开始王应睐心中也没有数，他和有机所的所长汪猷虽没有深交，但知道汪猷是个“认死理”的人，脾气又倔又犟，有“话不投机半句多”之传言。有人提醒王应睐，说不要去，去了也要碰钉子。在王应睐的阅历中，还没有交往不了的人。王应睐说：“成不成另说，我还没去，怎么就知道不成？”

在一个秋日的下午，王应睐走过那条铺满落叶的小径，来到有机所，他要说服汪猷，让他一起来完成人工合成胰岛素的研制。汪猷生于1910年，时年48岁，比王应睐小3岁。1927年，二人同在金陵大学读书，只是没有交集。王应睐毕业后留校任教，汪猷则打点行囊，去了北平协和医学院生物化学所读研究生，毕业后做了研究员。巧合的是，在20世纪40年代末，两人又成为中央研究院医学研究所筹备处的研究员。当年两人见面时，不禁放声大笑，开口竟都是：“缘分！缘分！”后各自成了中科院上海有机所、生化所的掌门人。

当王应睐走进汪猷办公室的时候，汪猷正低头阅读一篇论文，时而念念有词，时而闭目沉思。

王应睐见状轻声道："书山有路勤为径啊！"

汪猷抬起头见是王应睐，忙起身相迎，对这位学长，汪猷可谓敬重有加。他握着王应睐的手说："是什么风把你吹来了？"

王应睐指指窗外："是习习秋风啊。"

二人落座后，王应睐道："我是无事不登三宝殿，今天有求于你来了。"

汪猷点点头，沉吟一下说："我知道，你是为胰岛素而来的。"

王应睐微微一笑，诚恳地说："我郑重邀请有机所与我们共同来完成这项计划。"

汪猷摇摇头："其实，最近我一直在思考这个问题，我认为时机还不成熟。据我所知，国外的同行对此也是望而却步的，在目前这种情况下，我们就不参加了。"

对生化所研制人工合成胰岛素之举，汪猷最初不以为然，他个人觉得，现在去碰这个被世界科学家认为"遥远"的计划为时过早，科学需要严谨的态度，科学家应该有理想，但不能急于求成。

王应睐对汪猷说："很多人都觉得人工合成胰岛素是不可能的

事。我知道你有顾虑，但是，科学家往往会把不可能变成可能。这些日子，我一直在思考这个问题，我个人觉得还是有很大的可能性。”

汪猷没有说什么，只是一个劲地摇头。

王应睐知道汪猷的秉性，说出来的话如他的个性一样严谨，都是经过深思熟虑的。见汪猷一口回绝，王应睐不好再多说什么，两人寒暄几句就分手了。

汪猷字君谋，1910 年 6 月 7 日出生，父亲汪知非为清末秀才，受革命先驱孙中山先生思想影响，摒弃仕途从事技术工作。汪猷出身书香门第，受父亲影响颇深，少年就好自然科学，11 岁后尤青睐化学，可谓毕生与化学有缘。

1935 年 8 月，第十五届国际生理学大会在苏联莫斯科举行，在生化领域已经小有名气的汪猷，有幸作为中国生理学会代表参加了这次盛会，由此他见到了不少耳熟能详的大科学家，领略了众多大师的风采。短短数日，他从与会科学家嘴里知道了很多世界科技前沿的成果，同时他也格外留意同行中的科研力量，自此，汪猷给自己定下了一个目标——出国深造。也就是在这一年的 9 月初，德国慕尼黑大学化学研究所迎来了一位年轻的中国留学生，他就是汪猷。

慕尼黑大学始建于1472年，是德国历史最悠久、文化气息最浓郁的大学之一。今天的慕尼黑大学，与汪猷当年念书时相比已是今非昔比。除了本部那座建于1573年的图书馆，其麾下还有分属各研究所和各学院的分馆共215个，仅中心图书馆藏书就多达140万种，加上其他的所属图书馆藏书，有440万册之多，可与巴伐利亚州图书馆藏书匹敌。即使如此，慕尼黑大学图书馆藏书还是以每年5万册的速度递增。仅在科学研究领域，慕尼黑大学就取得了辉煌成就，令世界科学家关注。从建校至今，这里陆续走出了36位诺贝尔奖得主。虽然20世纪30年代的慕尼黑大学还没有现在的规模，可在那个年代已足够辉煌。汪猷在反复比较后，毅然选择了慕尼黑大学。

德国诺贝尔奖得主、著名化学家维兰德很看重这位来自东方的学生。在这里，汪猷专攻不饱和胆酸和甾醇的合成研究，最终合成了胆甾双烯酮和胆甾双烯醇。两年后的冬天，他拿到了慕尼黑大学博士学位。汪猷深知，作为一名科研人员，学无止境，尽管他思念亲人，渴望归国，但他没有回头。1939年初春，他来到英国继续深造。当从图书馆的报纸上看到日军侵略中国的消息时，他怒不可遏，不禁拍案而起，此刻他又归心似箭，想马上回到祖国以尽匹夫之责。

汪猷少时父亲常对他耳提面命，汪知非从事的是测量工作，深知测量中“一毫一厘”都足以影响全局，他常以“失之毫厘，谬以千里”来劝勉爱子。汪猷将此视为自己人生和科研的准则，父亲的严谨在汪猷身上无处不在。在组织上准备吸收他加入中国共产党的时候，他对照党章一一检查自己的不足，三个月以后，当他觉得自己已经符合了一个党员的要求时，他才向党组织递交了入党申请书。时任中科院上海分院副院长、党组书记的丁公量对此印象极深。丁公量 1921 年出生，17 岁就参加了新四军，担任过新四军教导总队的锄奸干事、三野第九兵团政治部保卫部长，1950 年 10 月跨过鸭绿江抗美援朝，1953 年 5 月，曾作为志愿军代表团成员参加了板门店谈判。据丁公量回忆：汪猷那时候已经是上了年纪的老院士、老所长了，但他每天上下班仍坚持挤四站路的公共汽车，怎么也不肯坐院里分配给他的小汽车。丁公量对他说：“你有这个待遇呀。”汪猷一板一眼地说：“我不能忘了自己是个党员。”

在一些人的印象中，汪猷似乎有些苛刻，甚至近乎偏执，可在丁公量看来，这是他本质的表现和为人处世的特色。汪猷向组织递交了入党申请书后，常找丁公量交流汇报思想，细节处不厌其烦，党章的内容能大段大段地背出。汪猷晚年回忆入党的事，还自豪不已。他说，他是怀着一种虔诚加入党组织的，这种虔诚伴随了自己的一生。当汪猷预备党员到期的时候，他专门跑到丁公量的办公室，提出让党组织再考验他几个月，说自己还有不足和差距，让丁公量这位从战火中走出来的老党员也不由得心生敬意。丁公量看着他诚恳的表情，实在不忍心拒绝，又过了三个月，汪猷才正式向党组织申请转正，那严肃认真的模样，丁公量晚年仍记忆犹新。

在初冬的一个下午，也就是在王应睐力邀有机所汪猷参加胰岛素合成项目不久，汪猷来到了王应睐的办公室，他一脸严肃地对王应睐说："王所长，我反复斟酌了一些时日，我们所决定参加人工合成胰岛素项目。"

言毕，他从口袋里拿出笔记本，把最近关于胰岛素的所思所想一一念给王应睐听，有些地方还做了详细的解释。

王应睐很感动，连声说道："欢迎，欢迎！你的认真劲真是名不虚传呀！"

汪猷点点头道："认真才能不出差错。对我们这些搞科学的来说更是如此！"

1958 年 11 月 25 日，上海《解放日报》在第一版显要位置发表了社论，题目是《全党全民办科学》，再次吹响了向科学进军的号角。社论号召大家苦战三年，基本改变我国科学技术面貌，争取在1962年完成十二年科学规划，达到世界先进科学技术水平。《文汇报》也在当日发表了鼓舞人心的评论员文章，题目是《专家与群众结合，向尖端科学奋力进军》。

中科院上海生化所年轻的科研人员早就坐不住了，他们觉得所里动作慢、步伐缓，就把《文汇报》《解放日报》贴在生化所走廊两边的墙壁上，社论和评论员的文章都用红笔圈了，显得格外醒目。王应睐看了，只是笑笑。

没出几日，生化所王应睐所长开始升帐布阵，钮经义负责有机合成，天然胰岛素拆合由邹承鲁负责，肽库由曹天钦统管，酶激活、转肽由沈昭文一并掌握。合成过程中，为了加强党的领导，生化所还专门成立了由党员组成的领导小组，组长曹天钦，组员王芷涯、张友尚、陈常庆、杜雨苍。

由于此时王应睐还不是党员，所以没能成为党员领导小组成员。也就是在这一年年末，王应睐加入了党组织。

东风厂往事

王应睐他们知道，人工合成胰岛素离不开氨基酸等试剂，那个时候，这些试剂主要依赖进口，贵如黄金，更让我们科学家咽不下这口气的是，西方国家对新中国实行封锁禁运，连一些最基本的科研用试剂也在其中。

王应睐决定自力更生解决这一难题。他说：“只有我们自己掌握了技术，才不怕他们卡我们的脖子。没有他们这条船，我们就渡不了江了吗?！我们自己造!”王应睐是不轻易动气的，可那天他说得斩钉截铁。

这个任务落到了一位年轻人肩上，他叫陈远聪。

2016 年 3 月，我再次来到上海，为的是继续采访当年那些人工合成胰岛素的见证者和亲历者。从 20 世纪 60 年代初胰岛素合成至今，已经五十多年了。当年参与这项伟业的人，像王应睐、曹天钦、邹承鲁、钮经义等院士早已故去，即便是他们的学生如今也所剩无几，尚在人世的都已过耄耋之年。

初春的上海，还有丝丝凉意，有些行人还裹着厚厚的衣服，在冷风中匆匆而过。如约来到上海浦东东方城市花园，我见到了陈远聪老人，当年那位意气风发的年轻人已是一头白发，满脸沧桑。

陈老生于 1928 年，20 世纪 50 年代末，他才 30 有余。在很多人的印象中，他走路大步流星，像小跑一样。那一罐罐氨基酸等试剂，就是在他的指挥下生产出来的，很多人都还记得他在车间里那满头大汗的样子。当年的小陈，现在已经被单位的年轻人称为陈老了。

如今 88 岁高龄的陈远聪虽步履蹒跚，可是回忆起那段充满激情的岁月，老人思路清晰，谈到动情处，那双浑浊的双眼泛着灼灼的亮光。陈老听说我的此番来意后，先是短暂的沉默，后嘴唇嚅动了几下，犹如在咀嚼那段刻骨铭心的记忆。继而，他凝望着窗外，目光好像一下子穿过了几十年的时光，直到往事的深处。

他回过头来，缓缓说："其实就像发生在眼前的事，这一说呀，我又到了 30 多岁的时候。"老人的眼睛湿润了，他平静了一会儿，望着我，开始娓娓道来，"时间过得可真快啊，一晃几十年了！1959 年 1 月，我奉生化所王芷涯同志之命从北京大学返回生化所，和谭佩幸一道负责东风厂的组建工作。东风厂建于 1958 年底，主要为人工合成胰岛素生产氨基酸。我们都知道，胰岛素有 A 链和 B 链，由五十一个氨基酸组成，有十七种不同的氨基酸。当时国内只能生产纯度不高的甘氨酸、精氨酸、谷氨酸三种氨基酸，其余十四种需要进口。由于西方国家对新中国实行封锁禁运，生化试剂都得从香港转口进入内地，除要花昂贵的外汇外，还需要很长时间，这样，有时候真是远水解不了近渴呀！你想想，实验正在进行，这边没有试剂了，那该多着急！合成胰岛素必须要有源源不断的氨基酸供应。活人不能被尿憋死，你西方人禁运，那我们自己动手制造，让你们这些西方人干瞪眼、干生气！上边也要求我们走自力更生、奋发图强的道路，所以生化所就组建了东风厂。一时没人怎么办？一是从生化所各研究组抽调一部分科技人员作为生产骨干，二是从社会上招收了十多名中学毕业生和复员转业军人做生产工人，共约三十人。人员解决了，没有厂房呀，所长一声令下，拨出大楼的几间实验室和 320 号院内 16 号楼楼下两间房做生产车间。生产小组有分离、提取、合成、分析四个小组。专家钮经义和沈昭文亲自下厂指导，帮助用离子交换层析法纯化氨基酸和纸层析法鉴定氨基酸纯度。人工合成胰岛素需要有高纯度的氨基酸原料，不能含有杂质，严格的纯度指标是层析纯、旋光和元素分析合格，要达到进口的英国 BDH 产品的标准。20 世纪 50 年代的氨基酸生产，除谷氨酸是用微生物发酵大规模生产外，其余都是从天然生物材料中提取的，如从蛋白质水解液中十八种氨基酸混合物纯化出高纯度单一的氨基酸，难度大，成本高，因而价格昂贵。1952 年，曹天钦先生从英国剑桥大学回国，计划开展蛋白质一级结构分析研究，偷偷带回了十余种氨基酸，每种也只有毫克量，十分珍贵。要合成胰岛素就需要以克为单位计，每次投入数十克，有的品种氨基酸每克比黄金还贵。自己生产氨基酸可为国家节约大量外汇，到了1959年底结算，东风厂办厂才一年多，我们就为国家节省了数十万元的开支。要知道，当时生化所一年的经费也只有一百万左右。更重要的是，我们自己生产的氨基酸质量一点都不低于国外的，甚至还超过一些国家的。那个时候啊，东风厂慢慢就成了人工合成胰岛素的后勤部，保证了源源不断的材料供应。这可是了不得的事啊！咱中国人就有这种精神，他们卡咱们的脖子，咱们偏不让他们卡，让帝国主义拿咱们没办法，这就是中国人的志气！什么时候咱们都不能少了这份志气！要不，咱们就得比他们低一头，就得仰人鼻息啊！否则人工合成胰岛素就是一句空话！”

陈远聪说着，声音一下子提高了，他拍着自己的胸脯，犹如当年他在车间里拍着胸脯为大家鼓气一样。

陈远聪祖籍四川三台县，他的父亲当年是盐税局的职员，虽有固定的收入，可一家人生活还是难以为继，学生时期的陈远聪常为三餐而发愁。少年已知愁滋味，他立志要改变家庭命运。1947年，19岁的陈远聪以优异的成绩考进四川大学化学系。两年后，他和其他同学就迎来了新中国的第一缕阳光。1949年12月，刚刚解放不久的成都陷入了大饥荒，城市居民急需粮食果腹，解放军号召大学生协助工作队到各地征粮，陈远聪也积极报名参加。随后他又参加了土地革命。1953 年，新成立的中国科学院急需人才，陈远聪作为理科大学生踏进了中国科学院的大门，随后他和几个同学被分配到了上海生化所工作。

报到第一天，王应睐就找他们谈话。王应睐说：“你们来得恰是时候，现在咱们的实验室缺少试剂，你们几个就搞合成生化试剂吧。”

王应睐话音刚落，坐在一边的钮经义就把一摞材料放在了陈远聪他们面前，说：“你们就对照着这上面的要求去做，基本上就是照葫芦画瓢，当然如果再好好发挥一下的话，产品质量就会大大提高！”

陈远聪道：“我们干就会干出一番样子来的，不照抄他们的，不照着葫芦画瓢！”

王应睐听了，很兴奋，一下子站起身来：“我们就需要这样的精神！”

自此以后，陈远聪就和试剂有了不解之缘，这一做就是三年。后来，陈远聪坐不住了，他觉得这样下去不是长久之计，得马上改弦易辙搞科研。他找到曹天钦老师吭哧了半天也没张开口，曹天钦笑了，道：“有事尽管讲，别憋着。”

陈远聪终于开了口，他说："现在中央提出向科学进军，我想搞科研，整天老搞那些盆盆罐罐的东西搞不出名堂来。"

曹天钦说："你的想法很好，这是好事呀！"

陈远聪说："当年我才念了三年大学就参加革命了，我想先到大学里补补课。"

曹天钦道："要求上进是优点，我去帮你说。"

几天后，陈远聪刚从大楼里走出来，生化所的支部书记王芷涯老远就冲他喊道："陈远聪同志，组织上同意你到大学里深造了。好好学，学成了回来干一番大事业。"

没想到组织上这么快就同意了。陈远聪很感动，他也老远对着王芷涯喊："王书记，放心吧，我一定不辜负组织上对我的期望！"

1956 年 9 月，陈远聪肩背行囊风尘仆仆地踏进了北京大学。在这里，陈远聪如鱼得水。两年后，陈远聪决定回所里参加人工合成胰岛素项目，他挥笔给王芷涯写了一封信。这位可敬的老大姐很快复信了，信中说："我们正在搞人工合成胰岛素，这是一项大科研计划。兵马未动粮草先行，合成胰岛素没有大量的试剂不行，生化所准备成立一个生产厂，你一直从事试剂工作，可否回来一展身手？我们都盼着你回来，为人工合成胰岛素做出应有的贡献。”

陈远聪被人工合成胰岛素的计划震撼了，他没有犹豫，连忙回信说同意。

1958 年 12 月初，陈远聪回到了生化所，当时整个生化所上上下下都已经沉浸在那项伟大的工程中。陈远聪的那颗心被火热的场面所打动，激情一下子燃烧起来，他义无反顾地接过了东风生化试剂厂的帅印，与曹天钦的助理研究员谭佩幸紧锣密鼓地筹备起来。当年，陈远聪麾下大多是刚从社会上招来的一些中学生，脸上都稚气未退，幸亏还有沈昭文、钮经义、戚正武等一些专家赶来助阵。

在动员会上，陈远聪也是慷慨激昂，他挥着手说：“帝国主义对咱们封锁禁运，咱们偏不信邪。大家都知道这个厂名是怎么来的吧？是从‘东风压倒西风’这句话来的。帝国主义这股歪西风来势凶猛，他们搞封锁，可咱们偏偏就不信邪！咱们这股东风是正气风，是争气风，一定会压住他们那股西风。大家知道了这一点，就得为国家争这口气，争了气，咱们的这股东风才更有力量！”

陈远聪那番话，是出师前的总动员，是临阵时擂响的战鼓。可陈远聪知道，他这个厂长，除了手下一帮年轻人什么都没有。

要知道，东风厂是生产试剂的，可一没设备，二没厂房。当陈远聪向所长王应睐说起这些的时候，王应睐不紧不慢地道："我们不是还有些瓶瓶罐罐吗？咱们不是还有些办公室吗？腾出几间做厂房。"一句话让陈远聪哭笑不得，可他很快就接受了现实。他说："只要有一双手，咱们就要干出一番样子来。"

当年那场动员会陈远聪至今还记忆犹新，他讲得激情澎湃，年轻人听得热血沸腾，一阵阵掌声从房间里传出来。那天下午，天空下了一阵冷雨，陈远聪踩着脚下干枯的枝叶，心中陡然升起一股豪气。

末了，曹天钦对陈远聪道："说得好！真有些'风萧萧兮易水寒，壮士一去兮不复还'的滋味！"

坐在我面前的陈远聪整个思绪都陷入回忆中，他好像是对我诉说，更像是对时光老人和那个远去的时代诉说，有时候又像是自言自语、自说自话。他的声音很小，可萦绕在我耳边格外清晰："中国的生化事业是在全国解放后才慢慢发展起来的，而生化所需要特殊的专门生化试剂。50年代初基本上都是实验室自己制备。当时生化所安排了很多科研人员负责这项工作，这样太浪费大家时间了，可一时又没有好办法。我刚来的时候，几年时间就为曹天钦的蛋白组和邹承鲁的酶组合成了几十种生化试剂，虽然每种数量都很少，可时间用去了不少，要不我怎么一直想从事科研工作呢？人工制造试剂太耗费人的精力了。人工合成胰岛素不是个小项目，需要大量的试剂。幸亏有了东风厂，要不就是所有的科研人员都腾出时间来做试剂也不够用。这步走对了，后来合成胰岛素用的试剂，有人说可以灌满两个游泳池了。这一点都不夸张，恐怕还不止。可以这样说，人工合成胰岛素的成功，也有东风厂很大的功劳。”

生化所东风厂开工之际，钮经义等几位专家“赤膊”上阵，他们在车间里一一示范，传经送宝，不厌其烦。钮经义在美国留学时学过试剂合成，沈昭文懂得分析，戚正武刚刚留苏回来，也有研究氨基酸的经验。

创业初期，东风厂设备简陋，没有防护条件，大家长期和有毒试剂接触，可谓是危险四伏。1959 年初春的一天，科研人员徐凯、孙雄国、汪静英在用沉淀剂纯化氨基酸时突然晕倒在地，口吐白沫，不省人事。大家急了，围上来就掐他们的人中，连呼带喊也没能叫醒这三人。忽有人喊：“这肯定是中毒了，你们把他们人中掐破了也没用！快送医院吧！”大家这才清醒过来，急急忙忙把他们送到了上海中山医院抢救，三天后才脱离危险。医生说：“重度中毒，再晚一会儿就没命了，轻者也得是个植物人。”

消息传到厂里，大家都心有余悸，议论纷纷。这个时候，所里胰岛素合成实验正如火如荼，急需大批氨基酸，可东风厂这边如履薄冰，战战兢兢。

陈远聪心急火燎，一夜未眠，他担心中毒事件影响工人情绪，都打退堂鼓怎么办？自己这个厂长可就成了光杆司令了，那就真是叫天不应，叫地不灵了。更重要的是，不能为此影响了实验，就像前方在打仗，后边给养却上不去了，岂不贻误战机?!

第二天清晨，他早早就赶到了厂门前，上班时间已近，他看到工人像往日一样陆续赶来，没有一个人请假。陈远聪眼睛湿润了，他高兴地迎上前与大家一一握手，就似迎接凯旋的勇士一样，嘴里连声说着“谢谢，谢谢”。随后，他又大声地嘱咐大家：“咱们刚买来了厚口罩，大家一定要戴好，感觉不舒服了，就马上到楼道里透透气。”

没过几天，刚刚脱离危险的徐凯他们就要求出院了，无论陈远聪怎么劝说，他们都要坚持上班。徐凯体质弱，走路还一摇三晃的，陈远聪让他再休息些时日。徐凯急了，他握着陈远聪的手说：“我不能拖了胰岛素的后腿，哪怕我只剩下一口气了，也要干下去，为胰岛素合成尽一点力！”

一个同事笑着说：“胰岛素没有后腿。”

大家也跟着笑起来。

陈远聪没有笑，他落泪了，并用力地点了点头。

那天上午，陈远聪带着大家夹道欢迎徐凯他们，没有过多的言语，只有一阵阵响亮的掌声从大门前一直响到了车间。

在这以后，徐凯又有几次晕倒，可过后他都很快出现在车间里。后来一次晕倒住院后，他再也无力支撑，最终没能再走进东风厂的大门。那个时候，徐凯的妻子在西安工作，他身边需要人照料，王应睐出面把徐凯调到了西安。徐凯离开上海的那天，想再看一眼生化所，他的妻子含泪点了点头，说："你想到哪里，我都陪你去。"

那是一个春风醉人的上午，院子里草木正盛，花开朵朵，香樟树不时从它的皱褶里散发出淡淡的香气。听说徐凯要回来看看，几乎所有人都聚集在那里等候着。一辆小面包车驶了进来，车刚停下，有人就上来帮着拉开了车门。徐凯在妻子的搀扶下走下车，他的脸蜡黄蜡黄的，每动一下，脸上都会沁出一层细密的汗珠。他看着大家，很想像往日那样开心地大笑一下，可现在笑都很吃力，很僵硬，最后那一丝笑凝固在嘴角，他面对着大家艰难地鞠了一躬。

徐凯说要上生化楼看看，妻子执意要扶，他摇摇头不肯。往日徐凯上楼轻松得如履平地，可现在他的双腿沉重得犹如灌满了铅，每上一个台阶就像在攀越一座高山，累得他满头大汗，气喘吁吁。最后他终于爬不动了，几个年轻人上来合力把他抬了上去。

在那间熟悉的实验室里，徐凯一一抚摸着仪器、实验用品，像父亲抚摸着自己的孩子一样。王应睐轻轻对他道："想这里了，我们随时欢迎你回来看看，这里就是你的家。"

徐凯点了点头，刚要说什么，却一下子哽住了，泪水瞬间浸满了他的眼眶。

走出生化所的大门，他再也迈不开脚步，回过身，凝望着，随后，面朝生化所大楼，深深地鞠了三个躬。

1965 年初夏，病重的徐凯来上海求医。那是一个雨天，徐凯的爱人冒雨来到了生化所，这个消瘦的女人一见到陈远聪就哭了："徐凯不行了，他想见您最后一面。"陈远聪心里一紧，顾不上说什么，拔腿就赶到了医院。

眼前的人形容枯槁，脸庞瘦削，这还是徐凯吗？这还是徐凯吗？陈远聪心里念叨着，泪水就落了下来。徐凯看到陈远聪，咧咧嘴想笑，可最终无力笑出来，那一缕笑纹最后凝固在了他的嘴角。

他把干瘪的手慢慢伸过来，陈远聪一下子紧紧攥住："徐凯，你怎么成这样了呀?!”陈远聪说不下去了，把头扭向了一边。徐凯看着陈远聪道：“胰岛素怎么样了?”陈远聪高兴地说：“告诉你一个好消息，已经有初步的活性了，有希望了，有希望了!”徐凯灰色的脸上一下子有了神采，暗淡的双目也亮了许多，身上也好像陡然增加了些气力，声音提高了许多：“好，真好!”徐凯的妻子道：“离开上海这些年，他天天想着胰岛素，做梦都想。”徐凯有些黯然：“我不行了，不行了。我真想再回到生化所，可回不去了。等胰岛素合成那一天，别忘了给我烧点纸告诉我一声，我也就放心了。”他说着，泪水从眼角慢慢滑落下来。陈远聪用力晃了晃徐凯的手，道：“你好好活着，会等到这一天的。到时候生化所把你请来参加庆功会。”正说着，一行人走了进来，为首的是生化所所长王应睐。徐凯看着一张张熟悉的面孔，脸上呆滞的表情又开始慢慢活跃起来，他真想去用力握住大家的手，再晃一晃，可气力不支，努力了几次只得作罢了。可伸过来的每一双手，都牢牢地握着徐凯的手，握得紧紧的!

1965年7月初，也就是离中国科学家合成胰岛素成功没几天的时候，徐凯永远地闭上了双眼。陈远聪没有忘记徐凯的嘱托，在胰岛素合成成功的当天晚上，他在岳阳路320号，在中科院上海生化所大门前，为徐凯点燃了纸钱。微风起，纸灰飞扬，向着远处飘去，陈远聪虔诚地立在那里，嘴里道："徐凯，我们已经成功合成胰岛素了，你放心吧，你的在天之灵与我们一起欢呼吧!"陈远聪对着遥远的大西北方向深深鞠了几躬，两行热泪滴落在他脚下的灰烬里。

在人工合成胰岛素这座无形的丰碑上，深刻着生者的名字，也镌刻着那些为此献出宝贵生命的科研工作者的名字。

我们不能忘记，在中国科学家合成胰岛素的过程中，有些人留下了一生的伤痛和后遗症，有些人则像中毒病逝的徐凯一样告别了尘世。曾经和徐凯一起奋战的蒋懿芳，也是因此离开了人世的。

那个上午，已经80高龄的陈远聪和我说了很多，有激动，有悲欢，也有深深的感慨。也许是年龄原因，对那个年代，特别是人工合成胰岛素的种种过往和故事，他有些絮絮叨叨，可我没有感到一点烦琐和杂芜。毕竟，人工合成胰岛素曾经是一个时代的精华。

初春的上海，陈老的寓所里还有丝丝凉意，可这场热烈的交谈，让我的身体感到暖暖的。他扳着指头说："那时候我们真是因陋就简，白手起家啊！按说，制造氨基酸得用机器设备呀，可我们仅用实验室器皿、搪瓷桶、铁锅等简陋的工具做出了一桶桶的试剂。最初，我们用离子交换层分离氨基酸，没有机器，怎么办？那就得人工收集洗脱液，定时换瓶，工人三班倒，天天和毒液打交道，既危险劳累又枯燥乏味，现在想想，真是不可思议！我们靠的是什么？是艰苦奋斗、自力更生啊，是一种奉献精神啊！人工胰岛素合成过程中，对氨基酸等试剂的纯度要求特别严格，虽然我们的生产条件不好，可在质量上我们一点都不马虎，我们的产品分析结果显示甚至超过了英国的标准。改革开放前，东风厂的产品在国内生化界享有盛誉，因为产量有限，许多购买试剂的单位为了买到我们的产品还跑来求情呢。”

陈老说完，望向窗外，窗外春意盎然。

第三章　攀登　攀登

小荷已露尖尖角

1959年春，生化所人工合成胰岛素项目上马伊始就艰难横生，攀登路上可谓是陡崖峭壁，荆棘丛生。邹承鲁和他的拆合小组成员杜雨苍、许根俊、蒋荣庆、鲁子贤等人，前后数次，经反复实验，一路左冲右突，可天然胰岛素的三个二硫键还是牢不可破。何谓二硫键？从严格意义上讲，它是个化学键，是连接同一个或不同肽链以及两个不同半胱氨酸残基的巯基的化学键。它在蛋白质分子中担负稳定肽链结构的任务。

生化所的科研人员如果解除不掉二硫键担负的任务，就无法向纵深处发展。面对眼前的僵局，邹承鲁并不气馁，他摸摸明亮的脑门，诙谐地对杜雨苍他们道：“这二硫键就是哼哈二将，真是难攻难破呀！拆不开二硫键，咱们就进不了胰岛素的门；进不了门，咱就分不开胰岛素的 A 链、B 链。”杜雨苍笑了笑说：“破不了二硫键，A 链、B 链这对情侣就分不了手啊！”邹承鲁闻言怔了怔后，不禁放声大笑：“这比喻形象，形象！”笑毕，邹承鲁陷入了沉思。

1959 年 3 月的一天，邹承鲁改弦易辙，决定用保温法一试，方法是将天然胰岛素、亚硫酸钠、四硫酸钠共同保温。功夫不负有心人，二硫键终于被这些夜以继日的人感动了，它们欣然松开了一双紧握的手，天然胰岛素的 A 链、B 链成功分离。这虽然仅仅是人工合成胰岛素最初的一小步，但毕竟迈过去了，毕竟在攀登高峰的峭壁上找到了施力的抓手。邹承鲁他们松了一口气，所长王应睐也大大松了一口气。可接下来该如何把 A 链、B 链重新组合成胰岛素呢？在这之前的数年间，世界众多科学家都为此做过不懈的努力，但都以失败告终。比如美国那位首次合成催产素的科学家，虽然奋力拆开了胰岛素的双链，但最后用了九牛二虎之力也没能把它们合起来。当时，他采用的是钠氨法，他在报端撰文说：“胰岛素的双链一旦拆开，就很难重新组合成胰岛素！用这种方法是不可能合起来的。”他的一锤定音让众多科学家从此望而却步。

胰岛素不仅仅是A链、B链相接那么简单，如果是单一的连接，那么世界科学家就不可能屡次失败。A链、B链中，好比有着无数双手，在相连过程中，A链中的手与B链中的手相牵都是有规律可循的。这就像一对对热恋中的男女，把他们聚集在一起，男女分列，然后让他们各自去牵对方的手。目标自然都很明确，不会因人多而牵错对方的手。胰岛素A链、B链相对来说更复杂。它们的面目被掩藏起来了，彼此不知道去与谁牵手，谁和谁心仪已久，并以情相许，配错了的两条链合起来就没有活性，就是死水一潭。邹承鲁他们是如履薄冰，战战兢兢。

杜雨苍这年刚出校门不久，虽是初生牛犊，可也心细如发。他把自己关在实验室里反复实验。终于有一天，他步履踉跄地走出实验室，瞪着一双布满血丝的眼睛，在长廊里忘情地跳着喊道："生了，生了!"声震屋宇。这声音充满了喜悦，充满了振奋。大楼里的人闻声走出房间，邹承鲁高声道："重合的胰岛素有生物活性了!"掌声瞬间响了起来。大家知道，尽管重合后的胰岛素仅有1%的活性，但这也足以振奋人心了。

这消息让王应睐喜忧参半，喜的是有了好消息，忧的是万一实验有错呢？杜雨苍走进所长办公室时，王应睐正来回踱步，时慢时快。杜雨苍从他的步子中看出了所长心中的忐忑。杜雨苍急忙道："所长放心吧！"王应睐抬头见是杜雨苍，一把握住他的手："可靠吗？确确实实有活性？重复做了几次都这样吗？要是换了其他人还是这个结果吗？"杜雨苍用力点点头："一切都没问题！"王应睐有些释然了，他抬头望着窗外，好像对着杜雨苍说，又好像是在自语："要是不使用氧化剂相助，又该是什么结果呢？"杜雨苍道："我们会找到更好的办法的！"王应睐回过神来，端详着眼前这个年轻人，由衷地说："雨苍，你是好样的！"这句话让杜雨苍很起劲，他挺着胸脯道："所长，我们会完成这个项目的！"

人工合成胰岛素这支利箭已经在拉开的弦上，弦满月，箭欲发。邹承鲁、杜雨苍他们不敢懈怠，只有全力以赴。他们要在胰岛素拆合上寻找更好、更有效的途径。又几个月过去了，季节由热转凉又渐冷，那一株株香樟树寂然生长着，实验室里还是很静、很静，大楼里的所有科研人员都期待着有那么一天，杜雨苍就像上一次一样高喊着"生了，生了"，可这激动人心的喊声迟迟没有出现。有人小声嘀咕："杜雨苍什么时候会再喊'生了'呢？"

1959年11月16日，一份来自中科院上海生化所的报告摆在了中科院院长郭沫若的案头，报告中写道："……目前，在胰岛素再合成问题上，我们已经抢先，希望能尽快向外公布，若等到人工 A 链、B 链完全合成后再发表成果，则可能落后于国外，那样我们就被动了……”

生化所是有前车之鉴的。早在 1959 年 3 月，邹承鲁、杜雨苍他们拆开 A 链、B 链时，就曾经有过公布消息的想法，当时也是出于保密原因，最后不了了之。可时间不长，美国著名的《生物化学》杂志就公布了科学家贝利拆开了 A 链、B 链的消息。

郭沫若看完这份报告后，激动得手舞足蹈，他从椅子上腾地站了起来，用手连连拍着案头，高声喊道：“中国人了不得！中国科学家不得了！马上向中央报喜，马上向外界发布！绝不能让资本主义国家抢了我们的风头，赶在了我们前面！”

相反，中科院党组书记张劲夫看完这份报告后却很冷静。张劲夫，1914 年出生，原名张世德，早年在上海参加地下组织，“皖南事变”后，出任新四军第二师政治部副主任。1975 年后，他曾任国务院财政部部长，中共安徽省委第一书记、安徽省省长。1982 年担任国务委员兼国家经济委员会主任。2015 年 7 月去世，享年 101 岁。熟悉张劲夫的人都知道，他思维缜密，遇事沉着、冷静、周全。他看了一眼报告的签署人是王应睐，心下想，王应睐是一位严谨的科学家，对科研成果丁是丁卯是卯，不会轻易发布的。可张劲夫作为一个有着丰富经验的地下工作者，他知道，胰岛素的初步成果还不能向世人公布，一旦公布了，世界上那些专注于胰岛素合成的科学家，也许会借此先一步合成胰岛素的。更重要的一点是，我们毕竟在合成上还没有完全成功，万一放了空炮，我们就会非常被动，也有可能开了一个大大的国际玩笑。后来，张劲夫说服郭沫若，郭沫若也同意暂时不公布这一成果。

从中国科学家首次重合胰岛素，使其具有 0.7%~1%的生物活性，到上报中科院郭沫若、张劲夫那份报告的几个月的时间里，生化所的杜雨苍又历经数次实验，终于使拆合后的天然胰岛素生物活性恢复到了 5%~10%。在最后一次实验中，杜雨苍决定弃用氧化剂，他把拆开的 A 链、B 链放在较低温、较强碱性水溶液里，在空气中缓慢氧化。那么，什么样的“较低温”“较强碱性”合适？仅在这个环节就反复实验了上百次。

杜雨苍又在走廊里喊开了，只是那声音里含着疲惫，嗓子哑哑的。

大家又奔走相告了：“杜雨苍这次‘生’得更有高度了！”

1960 年，也就是在中国科学家获得这项成果几个月后，加拿大两位致力于胰岛素研究的科学家迪克松、沃德洛在世界著名的《自然》杂志上发表了他们重合胰岛素的成果，但他们恢复的生物活性仅为 1%~2%。1960 年 1 月，在中国“第一次全国生化学术会议”上，27 岁的杜雨苍做了关于胰岛素初步成果的报告，震动了中国科技界。他们的胰岛素拆合法，曾一度被广为应用，后来被国际蛋白质领域命名为“杜-邹法”。

杜雨苍这位年轻人，引起了世界科学界的广泛关注。

他们是开路先锋

杜雨苍是一个有故事的人。

如果要为人工合成胰岛素立一部传的话，杜雨苍是一个绕不开的人物。当年人工合成胰岛素的亲历者和见证者谈到杜雨苍，都认为他是一位起了重要作用的人物。

中科院院士、著名生化学家张友尚晚年这样说：“杜雨苍很成功，就是他把天然胰岛素中的所有二硫键都拆开了，重新合成后结果得到了 5%~10%的活性。”张友尚面对着中央电视台记者说这番话的时候，杜雨苍已经去世多年了。对世界科学家，乃至对整个人类来说，胰岛素就是一片神奇的洪荒之地，杜雨苍当年迈出的那关键一步，无疑是中国科学家攀登人工合成胰岛素高峰的重要基石。

2016 年 3 月 25 日上午，我驱车慕名来到杜雨苍的家。杜家在徐汇区一隅，我乘电梯上了楼，按图索骥，最后于一户门前停下脚步，轻轻地敲了几下门。门内传出回应声，随后门开了，一位老太太出现在我的面前。因为事前有约，老人早已知晓来意，她热情有加，急急把我让进房里。我打量着这位和善的老人，她中等身材、慈祥的笑容，言谈举止中透着一股知识女性的优雅。老人姓陈名秀芳，1934 年生，今年已经 80 有余。我说："您这个年龄了，身体还很好。"老人笑了，说："不行了，腰腿疼得厉害。你看到那个箱子了吧，里面都是中药，我吃的。"老人说着指了指门旁的一个纸箱子。我点点头，怪不得刚进门的时候嗅到了一股浓浓的中药的味道。我们寒暄几句后就进入主题。整整一个上午，老人都沉浸在对往事的回忆当中，她向我说起了杜雨苍的少年时期乃至他的一生。末了，老人又走进卧室，拿出了她珍藏多年的影集。老人小心翼翼地翻着，轻轻指点着。我看到，这本厚厚的影集里，有她和杜雨苍以及后辈们的照片，照片虽不多，但有着每一个历史阶段的痕迹。一张黑白照吸引了我的目光，照片中年轻的杜雨苍相貌堂堂，浓眉大眼，他把同样年轻俊俏的陈秀芳半拥在怀中，而陈秀芳则幸福地笑着。照片上方有这样一行娟秀的字：送给我班第二对新人——杜雨苍、陈秀芳同志。落款是：你们的同志杨端赠予 1957 年某日。这张照片是杜雨苍和陈秀芳的同学杨端拍的，后作为礼物赠给了这对新人。

如果按时间顺序把影集中的照片罗列开来，就能简单地勾勒出这个家庭乃至每一个家庭成员的成长历程。那一张张照片，有的虽然已经斑驳、暗淡、发黄，可里面蕴含着多少生动的往事和记忆啊！

在一张照片前，老人反复端详着。我看到，在寒冷的荒野中，一队身着棉衣的年轻人精神抖擞地站立着，他们扎着武装带，腰里别着驳壳枪，正威风凛凛地凝视着远方。关于这张照片，老人给我讲得最多，讲着讲着，她的目光在这张照片上徘徊着。这张照片摄于1950年，照片上方有字为证："江阴县澄西区全体指导员摄影纪念。"

随着老人的思绪，一位少年从历史的尘埃中向我走来，开始时若隐若现，渐渐清晰。

1945年深冬的一个清晨，夜色还没褪尽，江阴县城的一家住户的门吱呀一声开了，那声音在寂静的早上显得格外刺耳。这时，一位清秀瘦小的少年从里面走出来，他肩上背着一个很大的行囊，一看就是要出远门的样子。紧跟着少年的身影，又走出来一个50多岁的女人，她拉住少年的手，抹着眼泪道："孩子，要不是咱们家过不下去了，妈妈怎么也舍不得让你出远门去当学徒工糊口呀!”少年高昂着脑袋，开始变声的嗓子还带着童声，说：“妈，我已经长大了，你放心吧，只要有一口气，我就能干出个样子来，为咱们老杜家争气!”杜母破涕为笑：“从小你就懂事。”说到这里，她看了一眼稚气未脱的儿子，又禁不住悲从心来：“可你才13岁呀，儿行千里母担忧，我对不起你死去的爸呀!”少年拉住母亲的手道：“妈妈，小鸟总有离开窝的时候。你放心吧，我会照顾好自己的。我走了!”少年告别母亲，迈开步子向前走去，拐过一个墙角，他再也抑制不住自己，泪水夺眶而出。他抹了一把泪水，靠在墙上平静了一会儿，随后向大路走去，越走越远。一轮朝日喷薄而出，红红的朝霞映在他的脸上、他的身上。

这位瘦小的年轻人就是杜雨苍。

在江阴这座小城，杜雨苍的父亲小有名气，平日里给人打镯子，买卖首饰，称得上是能工巧匠。杜家算不上富裕，可杜父勤劳能干，一家人也算是过得衣食无忧。可是好景不长，杜父突然撒手西去，全家如陷深渊。杜父膝下两男一女，杜雨苍为幼。杜父去世后，全家生计捉襟见肘，日渐艰难，在学堂里读书的杜雨苍不得不辍学回家。杜母见日子艰难，就托亲告友给杜雨苍在无锡找了个学徒的门路。

江阴简称澄，1728 年立县，这座史上有名的小城居于江尾海头，乃江防要塞，历来为兵家必争之地。江阴也是历史上的文化之地。唐代诗人杜牧游历于此时诗兴大发，留下“南朝四百八十寺，多少楼台烟雨中”的名句。远的不说，近的就有民国时期孙中山为江阴留下的一句名言：“叫全国的文明从江阴发起。”

从小好学的杜雨苍对江阴历史颇为熟知。这一年的冬天，外出谋生的少年杜雨苍回首打量了一眼沐浴在朝阳中的江阴县城，突然就想到了孙中山先生的这句话，他有感而发，由此立下自己的誓言：“今天就是我人生的正式开始，我会干出一番样子的!”

有谁能想到，多少年后，这位离家谋生的单薄少年会成为中国生化领域的著名科学家。

江阴离无锡有五十公里之遥，杜雨苍一路步行，当日近西山时，他才汗津津地走进了无锡城。无锡是鱼米之乡，城中作坊密集，烟酒、油酱、食米、金银、彩帛等作坊棋布星陈，可谓应有尽有。杜雨苍走街串巷，一路打听着找到了那家名号为“真金银”的首饰作坊。这里就是他学徒的地方，看得出，杜母是想让儿子继承杜家的衣钵，把杜家金银手艺一代又一代地传承下去。他轻轻敲了几下门，门开了，一位伙计模样的汉子站在了杜雨苍的面前：“这位先生，您找谁?”杜雨苍微微一笑道：“我是江阴的杜雨苍，来当学徒工的。”“杜雨苍，杜雨苍……”那汉子自语了几句，眼睛一下子亮了，他一把拿过杜雨苍肩上的行囊，高兴地说，“掌柜说起过你。”随后又道，“一看你就是个读书人哪！要不我张口就称你先生了呢。”

那伙计叫马杨，一路引着杜雨苍往里走，边走边道：“咱掌柜好着呢！以后你就叫我师兄，我就喊你师弟。在家靠父母，出门靠朋友嘛。”杜雨苍点点头。“真金银”的掌柜名为高满银，40 岁出头，一脸和气，说话也是慢声细语的。他细细打量着杜雨苍，见眼前的少年文质彬彬，浑身上下透着一股灵气，不禁笑了，连声说了几个“好”字。

杜雨苍眼里有活，手脚勤快，每日总是第一个起床，等大家醒来时，他已经把院落打扫得干干净净，炉子上也烧上了开水，随后就坐在柜台前静静地看书，从不多言多语。虽初来乍到，但不久“真金银”上上下下就对他喜爱有加。

杜雨苍酷爱读书，每晚都读书到深夜，高满银的老婆不乐意了，这得烧掉多少油钱呀！她对杜雨苍说：“小本生意，家里开支大，以后每晚可不要掌灯太长时间呀！”杜雨苍一点就明，他小心翼翼地道：“太太，没有书读不行，就每月扣我一点工钱吧。”杜雨苍闲暇常挥毫练字，写得一手好字。高满银见了，很是诧异：

“哎呀，我守着一个大宝贝竟然不知用呀！以后你就多教我小女练字吧，晚上你就可以安心掌灯读书了，两全其美。”从这以后，高家对杜雨苍更是高看一眼。

杜雨苍对自己中途辍学一直耿耿于怀，后来他听说无锡有一所夜校，就想业余时间去听听课。他向高满银说起此事，高满银满口答应。

1949 年 4 月 23 日，江阴解放。杜雨苍当时正在无锡夜校看书，听到这个消息后，腾地从凳子上站了起来，振臂高喊道：“同学们，我们参加革命吧！想去的跟我一起走！”就这样，杜雨苍和几个要好的同学连夜向江阴出发了。那个时候，刚刚解放的江阴急需要有文化的年轻人，人民政府对杜雨苍他们的到来热烈欢迎。随之，他们被充实到工作队，奔赴江阴各地开展工作。

杜雨苍能言善道，毛笔字又好，很多宣传语都出自他手。那个时候，工作队四处宣传党的政策，在县城，在村头，在田间，杜雨苍的演讲常常赢得群众的热烈欢迎，他很快被组织上发展为预备党员。可有些老干部对杜雨苍颇有微词。老干部其实并不老，只是参加革命比较早，他们有的说杜雨苍爱翘尾巴，为人太傲气了。有一次一个“老革命”让他学会夹着尾巴做人，杜雨苍拍案而起，大声道：“我光明磊落，为什么要夹着尾巴做人?”“老革命”火了，指着杜雨苍吼道：“你看看你，头发梳得光溜溜，像是狗舔的一样，动不动就甩你的小头发，典型的小资产阶级！”

杜雨苍由此被取消了预备党员的资格，他深受打击，几乎是一蹶不振。那个时候，解放不久的江阴经济萧条，老百姓度日如年，工作队更是艰难。杜雨苍心情郁闷，再加上营养不良，患上了肺结核。数日下来，他已是面黄肌瘦，连走路都有些困难，组织上不得不让他回家休养。卧病在床，杜雨苍静下心开始思考自己的未来，他决定继续读书。身体稍有好转，他就进了江阴中学。开始一位王姓老师劝他，让他从初三念起。杜雨苍坚持己见，直接坐在了高二的课堂上。刚开始，杜雨苍听物理、化学就像听天书一样，一时丈二和尚——摸不着头脑，有同学就嘲笑他：“你嘴不大，还想一口吃个胖子呀！脚后跟的虱子——爬不到头上去了。”杜雨苍什么也不说，只是笑笑。他把不懂之处一一记录在本子上，下课后再去问物理王老师，可谓一丝不苟。有的老师和王老师开玩笑：“要是我的话，真就被他问烦了。”到了晚上，杜雨苍又追到老师宿舍。王老师正和朋友商量事情，见是杜雨苍，不禁心生不快，他皱着眉头道：“你先回去吧，等会儿再说。”等王老师谈完事情开门送朋友时，发现杜雨苍还立在门前，急忙问：“你一直没有走？”杜雨苍摇摇头，说刚到。其实，杜雨苍在寒风里已经等候了两个多小时了。他觉得老师的朋友不知什么时候会离开，再加上自己身体虚弱，担心来回走耽误今晚求教，就干脆守候在老师的门前了。

多少年以后，当杜雨苍为人工合成胰岛素立下汗马功劳的消息传到母校时，那位王老师引以为荣，并以此来鼓励年轻的学子。他说："杜雨苍当年直读高二开始我是坚决反对的，他初中刚念了个开头呀。可是，他肯钻研，有不服输的精神，上节课没有搞懂的问题，他绝不会带到下一节课去，一个学期后就成了中等生，到了高三就成了尖子生，门门都是第一！"

杜雨苍的夫人陈秀芳这样说："他这个人想做什么事，往往不顾一切。那个时候，他肺病还没有好，可为了学好理化，什么都不去想了。人家都劝他，你这样拼命不行。他说，人生的关口，有时候就得有拼命三郎的精神。"

1954 年夏季的一天，就是这位被师生称为"拼命三郎"的年轻人，背起行囊，又一次远行了。只是这一次他不是出去谋生，他已经以优异的成绩考入了北京大学生物系。

北京大学原名京师大学堂，创于 1898 年，有"中国政治晴雨表"之称，新文化运动和五四运动皆发轫于此，历史的风云让这所著名的学府更是名动天下。莘莘学子把北京大学视为心中的圣地。对年轻的杜雨苍来说，自然也不例外，20 世纪 50 年代初期那个夏日的早上，当杜雨苍带着一路风尘出现在北京大学西校门的时候，他激动的心情是可想而知的。

北京大学西校门坐东朝西，风格古朴，为古典三开朱漆宫门建筑，透着一股皇家气派，校门两侧各有一头迎风而立、威风凛凛的石狮。杜雨苍在西校门外伫立了很久，他的目光最后落到了校门正中“北京大学”四个遒劲有力的大字上。喜爱书法的杜雨苍比画着，连连赞叹写得好，后来他才知道这四字出自伟人毛泽东之手。在给母亲的信中，杜雨苍曾专门写道：“告诉您老一个好消息，校门上方的‘北京大学’几个字是毛主席题写的。”字里行间洋溢着喜悦和骄傲。

这一天，杜雨苍同众多的年轻人一道大步迈进了北京大学。大家都很兴奋，一张张朝气蓬勃的脸上挂满了对未来的憧憬，笑声、歌声洒下一路。杜雨苍正走着，突然看到前边有一位姑娘拖着行李走得很吃力，他几步赶上去，说了声“我帮你”，伸手就拿过了姑娘的行李。那女孩先是一惊，随后羞涩地笑了，她看了杜雨苍一眼，轻声说了声“谢谢”。

这个娇小的女孩来自浙江，叫陈秀芳，1934 年出生。这一年，她恰好20岁。杜雨苍见她含羞道了声“谢谢”，不由得多看了她一眼，眼前的姑娘虽衣着朴素，可模样清秀可爱。

陈秀芳同杜雨苍一样，也出自贫寒之家。她兄弟姐妹众多，连同父母，全家有十口人。陈秀芳大哥名为陈钟芳，已经早两年考入了北京大学。陈钟芳对聪颖的小妹格外疼爱，时刻都把她的学业挂在心上。当妹妹十年寒窗后，他又动员她报考了北京大学。

在这样的一个季节，在北京大学的校园里，这对年轻人以这样的方式相识了，彼此介绍后，发现原来他们竟然在同一个系，而且还在同一个班，二人不禁相视一笑。多少年以后，当陈秀芳对儿孙说起这段往事的时候，她的双颊竟还泛起了浅浅的红晕，而杜雨苍则道：“没想到我一踏进北京大学的校门，就情订终身了。”

儿孙们一阵大笑。

因为家境拮据，杜雨苍和陈秀芳在食堂吃的都是廉价的饭菜。杜雨苍肺结核尚未痊愈，每日坚持锻炼身体，体力消耗大，常饿得头晕眼花。有一天中午，杜雨苍饭吃完了，陈秀芳又给他端来了一份饭菜，杜雨苍不禁一愣，陈秀芳道：“我的饭票马上过期了，你得帮我。”杜雨苍脸红了，急忙说：“我已经吃饱了呀。”陈秀芳微微一笑：“男子汉，这点饭菜算什么？”陈秀芳怕杜雨苍难为情，说完就走开了。杜雨苍看着陈秀芳的背影，不禁两眼一热，他赶忙低下头吃饭，大颗的眼泪滴落到雪白的米饭里。后来，他们熟悉了，关系近了，陈秀芳就经常塞给杜雨苍几张饭票。

大学四年，杜雨苍和陈秀芳几乎都没有回过家。每个假期，每当看到同学们欢欢笑笑地走，又欢欢笑笑地归来的时候，杜雨苍和陈秀芳都禁不住有些怅然若失——是囊中羞涩挡住了他们返乡的脚步，他们只能在夜深人静时用家书来诉说对亲人的殷殷思念。

1958 年 8 月，杜雨苍和陈秀芳双双毕业，又双双被分到了上海，杜雨苍去了中科院生化所，陈秀芳则进了生理所，真是北雁南飞，鸾凤和鸣，一对伉俪同在一个院内，出双入对，吸引了不少歆羡的目光。这个时候，杜雨苍把整个身心都投进了人工合成胰岛素的工作中。陈秀芳深知杜雨苍秉性，他喜欢向前冲，常常不顾左右，一往无前。按说，当年他刚出校门，只是一个助手，不能过于出头，但这些他都没有去想，也没有顾忌，最后，他赢得了掌声。那个时候，陈秀芳所在的生理所近在咫尺，每当她把目光投向那间熟悉的杜雨苍所在的实验室的时候，心中就有些忐忑。她深知丈夫的性格，她不知道哪一天他会让周围的人对他心生芥蒂，就犹如当年他常让那些“老革命”心生不快一样。

陈秀芳的担心不无道理。

成也英雄，有时败也英雄。

杜雨苍一生中有着许多难以言说的心结和落寞，归结起来主要有两个：一是申报诺贝尔奖；二是申报院士，尤其是院士落选。杜雨苍是一个不服输的人，也把脸面看得至关重要。尽管他表现得若无其事，可在他内心深处，这是永远过不去的坎，永远都解不开的结。

1978 年 12 月 11 日，中科院召开了胰岛素合成评议会，以确定诺贝尔奖的提名人选，中科院副院长、著名科学家钱三强亲自坐镇主持，参加合成胰岛素的生化所、有机所、北京大学的科学家悉数出席。人工合成胰岛素是集众人之力，号称大兵团作战，主要科研人员也有数十人，而诺贝尔奖候选人毕竟有限，谁是主力？谁是辅助？谁功劳大？谁又次之？谁上？谁不上？这些都令人大伤脑筋。

当年合成胰岛素过程中，北京大学、有机所各有一组，生化所有拆合、B 链两个小组。在这次会议上，各小组又各就各位，展开讨论。有人说，有功之臣应该是那些实验能手，他们技艺过人，功不可没，如杜雨苍，还有李崇熙、陆培德、徐杰诚、龚岳亭。杜雨苍在关键时刻起到了关键作用，他更是佼佼者。

曾为中国人工合成胰岛素著书立传的熊卫民先生曾采访过多个合成胰岛素亲历者。施溥涛向他这样描述当年的情景：“当时为了推荐诺贝尔奖候选人，也是争得很厉害。当时文重已经出来了，北大化学系的相关工作由他负责。在北京友谊宾馆开会讨论，用了一个多礼拜时间。虽然当时我已经属于生化所了，但参加讨论的时候我还在北大这组。说老实话，我当时想提李崇熙，觉得他还是可以的，但大家都不吭声。文重嘛，他要提陆德培，不想提邢其毅先生。我说：‘人家都有一个老的——组长嘛，不管是荣誉的还是实际的，不管起了多大的作用。’我提了邢先生。底下的人我没提，不知怎的，后来就成了季爱雪。”

那次大会上争论得很激烈。也有人说，那些实验能手确实至关重要，可是那些指导者呢？没有他们全局把关、引路能行吗？像“剑桥三剑客”王应睐、曹天钦、邹承鲁，还有大名鼎鼎的钮经义、汪猷、邢其毅他们。是啊！一个团队科研攻关，孰功大，孰功小，可能不易定论，这就犹如一场球赛，靠的是协作、配合，如何去论功行赏？

经过一轮轮的讨论，大家初步达成了共识，每个小组各推两人，最后名单集中到钱三强手里。钱三强看到，生化所拆合组推荐的是邹承鲁、杜雨苍，B 链组是钮经义、龚岳亭；有机所 A 链组为汪猷、徐杰诚；北京大学则是季爱雪、邢其毅。钱三强在会上说：“这个名单我们既考虑到了老中青，也想到了女同志。”

北京大学哲学硕士、中国科学院自然科学史研究所副研究员熊卫民，曾致力于中国人工合成胰岛素史的跟踪调查。他在采访北京大学的叶蕴华时，这位当年的参与者对过去的情景记忆犹新，分析得也不无道理。她回忆道：“其实提没提名、提名时次序如何并不能完全反映贡献的大小，那时候考虑了许多与贡献无关的因素。譬如说提季爱雪老师时就至少考虑过这样一些情况——别的几个人都是男性，而参与胰岛素工作的有不少女性，是不是应该提一个女性？胰岛素是老中青科学家合作的成果，提项目完成人时是不是也应该考虑一下年龄段？若是单论贡献的大小，我觉得李崇熙老师和陆德培老师的贡献应该也不在季老师之下。”

生化所党总支副书记王芷涯参加了这次大会，多年后她向来访者熊卫民说到了这样几个关键细节：“我只记得最好是四个人：因为 A 链要两个，两个单位嘛，B 链一个，那么还有拆合呢？所以再少也需要四个。而候选人最多只能三个，于是就摆不平了。后面的情况，是在写这个东西（指《院史资料与研究》2000 年第 5 期）的时候，龚岳亭告诉我的——四个不行，当然一个是可以的，所以干脆给了钮经义。汪猷没有参加选举，好像很有意见，很反感——大概觉得他可能选不上，他反正是不服气的啦。汪猷脾气蛮倔的，没参选。也请过他，可他没来。我嘛，没参加选举，我就是介绍了一下情况。”

根据诺贝尔奖提名规定，名单后来又做了压缩，每个小组只保留一人，钮经义、邹承鲁、汪猷、季爱雪入选，杜雨苍和其他人被略掉了。又不久，四人名单去三，钮经义成了一枝独秀。汪猷性格耿直，如火药引子，一点就着，对自己落选的事，他有些愤愤然，但也就发了些牢骚，最后气也就慢慢顺了。杜雨苍则不然，他胸中有不平，可闷在心里，知道没有自己的名字后，他枯坐了一上午，愤怒把他的双目烧成了两团火，可他只烧自己，不去烧别人，把自己烧得筋疲力尽。在这之前，杜雨苍就觉得自己被边缘化了，被冷冻了。他的老师，甚至一些同事，对他也颇有微词。后来有人一语中的，说杜雨苍有傲骨，恃才傲物。也有人说，杜雨苍有傲骨不假，恃才傲物倒是看不出。

杜雨苍深爱着胰岛素事业，20 世纪 60 年代中期，正当他在实验室里忙得不亦乐乎的时候，有同事告诉他：“你老婆生了，男孩！”杜雨苍哈哈一笑：“真是捷报频传！”当陈秀芳问杜雨苍给孩子起什么名字时，杜雨苍脱口而出：“就叫杜朊吧。”“什么？叫杜朊？哪个‘朊’？”杜雨苍意味深长地道：“蛋白质的旧称不就是朊吗？”陈秀芳恍然大悟，她扑哧笑了，说：“你为了蛋白质可真是走火入魔了呀！”60 年代末，蛋白质合成了，陈秀芳又诞下第二个儿子，这时正是人工合成胰岛素大功告成之日，杜雨苍又是一锤定音，给幼子起名为“杜核”。如今杜核子承父业，也决心在生化方面干出一番事业来。

因为种种缘由，有那么一段时间，杜雨苍不愿意再提及“胰岛素”几个字，甚至一度想远离这个领域，可他怎么能离得开这份他钟爱的事业呢？那些日子，他寝食难安，恍恍惚惚。妻子知道他的心事，劝道：“过去的事就翻篇吧！你不是还有你热爱的事业吗？”一句话点醒了杜雨苍，他又把精力放在了研究上。70 年代中期，他从胰岛素作用上获得灵感，举一反三，用自己创立的片段固相缩合法，成功合成了结晶胰高血糖素。胰岛素有降低血糖的作用，那血糖低的人怎么办？杜雨苍解决了这个难题。这项成果获得了中科院 1979 年重大科技成果奖。

在多肽领域，杜雨苍一直在寻找新的科学高峰攀登。80 年代初的一个夏日，杜雨苍乘公交车去图书馆，听到有乘客正在议论阿尔茨海默病的事，其中一个男子说：“最近我收治的阿尔茨海默病患者越来越多了，天天和他们打交道，我都觉得自己也得病了。”一个女子道：“将来我们老了也可能会这样的，唉，多可怕!”公交车上一段随意的对话引起了杜雨苍的关注，真是说者无意，听者有心，那个时候，人们还没有想到什么老龄化问题，总觉得老龄离自己还很遥远。

科学也是需要灵感的，杜雨苍最初想到的是如何增强人的记忆力，同时，还要治疗阿尔茨海默病，这一切都离不开一个“肽”字。肽在生物中存在，人体的许多生理活动都与肽有关。杜雨苍带领自己的课题组再次进入神经肽的世界中。肽是神奇的，也是很难征服的，可杜雨苍也是很爱较劲的，偏要在神经肽中研究出个子丑寅卯来。很快，这项研究被列为“七五”重大研究项目和“八五”国家攀登计划所属的重大课题“记忆增强肽的作用机理研究”以及“九五”国家重大科技攻关项目。他们从大量的动物实验中，发现了肽的高活性和新结构。杜雨苍认定，在人类的大脑神经中枢中有一种左右大脑思考和记忆的物质，杜雨苍把它称为记忆增强肽。从 20 世纪 70 年代中期到 1994 年初，他们用十九年的时间，最终首次人工合成了记忆增强肽。在后来的论证会上，面对众多的中外科学家，杜雨苍对记忆增强肽的机理做了科学的阐述，引起了世界科学家的关注。进入 90 年代，神经科学一马当先，发展进度喜人，人类对大脑的研究一直不遗余力，科学家称20世纪最后十年是大脑的十年，杜雨苍在这个重要关口的贡献让世界同行们震惊。美国科学家这样说："我为中国的同行感到骄傲和自豪，他们在自然科学方面树起了一面旗帜。"也有专家说："记忆增强肽的研制成功，找到了人类开启大脑记忆之谜的金钥匙!"

科学研究是一项寂寞的事业，科学家犹如苦行僧，他们需要用耐心和毅力去实现一个个目标。杜雨苍用二十多年的寂寞换来了增强记忆的英泰含片。他找到一家合作公司，同时申请了一笔资金，英泰含片很快就进入临床了，并投入市场。这时杜雨苍已经进入古稀之年，巨大的成功，为他的人生又添上了一道亮丽的色彩。朋友竖起大拇指，同行为他骄傲。那些日子，他眉目舒展，笑声朗朗，他仿佛看到众多患者露出了久违的笑容。杜雨苍对老伴说道："多年心血没有白费，值了！值了!"言毕，老泪纵横。

数月过后，英泰含片投入市场，很快有了口碑，也有了利润。谁都没有想到，医药公司竟有人把收益挪用炒股。一个清晨，杜雨苍正在悠闲地看报纸，听到这个消息，他腾地站起来，手中的报纸也掉在了地上，他瞪大眼睛怔在那里很久，随后又跌坐在椅子上。在杜雨苍看来，英泰含片就犹如一株幼苗，恰逢春雨，长势看好，没想到陡然间迎头一阵冰雹和狂风，打得杜雨苍痛彻心扉，一个下午他都枯坐在那里，窗外的阳光投射到他灰白的头发上。陈秀芳从杜雨苍愤怒的眼神中知道丈夫心中的火山又爆发了。陈秀芳不知道发生了什么变故，急急追问缘由，可杜雨苍脸色铁青，一言不发。他双目圆睁，犹如一头愤怒的狮子，好像随时都会扑向对方狠狠咬上一口。

最初几日，杜雨苍都是在沉默中度过的，人也好像一下子苍老了许多，步履也变得蹒跚沉重。一日晚餐，他吃了一碗米饭，这是近日来不多见的，陈秀芳见状很高兴。杜雨苍还想再吃一些，他拿着碗想去盛饭，竟一时没能站起来。杜雨苍自语道："看来真是老了呀！"陈秀芳没有在意，笑了笑说："你身体一直好着呢。"杜雨苍扶着桌子终于站起来，刚要迈步，又一下子坐了下去，碗摔在地板上碎了，发出刺耳的声音。陈秀芳见杜雨苍不省人事，哭喊着拿起了电话。

杜雨苍被紧急送到了医院，医生诊断为脑血管大面积破裂，已无法手术。杜雨苍紧紧握着陈秀芳的手，嘴唇嚅动着，好像有话要说。陈秀芳把耳朵贴近丈夫的嘴边，泪水也跟着落在了杜雨苍的脸上。陈秀芳等待着，这么多年了，他终于停歇下来了，肯定有很多的话要说，可杜雨苍最终没能张口。

合成胰岛素成功多年后，杜核曾问起杜雨苍为合成胰岛素吃过多少苦，杜雨苍笑笑说：“个中艰辛，只有自知。”寥寥八个字，道出千般艰辛。德国著名的科学家爱因斯坦被人们誉为20世纪最伟大的科学家，他的伟大之处是为全人类贡献了狭义相对论、质能相当性、广义相对论、光量子论、布朗运动。一位学者曾经意味深长地说，按照诺贝尔物理学奖颁发的标准，他至少应该得五次奖。

在爱因斯坦的所有贡献中，他的广义相对论是科学史上一颗璀璨的明珠。1907年，爱因斯坦初步提出了广义相对论的两条基本原理，到他最终完成广义相对论的一整套完整理论，这位大师用了整整八年的时间。当来访者问他克服了怎样的困难时，爱因斯坦呷了口苦苦的咖啡说，从已得到的知识来看，这愉快的成就简直好像是理所当然的，而且有才智的学生不会碰到太多困难就能掌握它。但是，在黑暗中焦急地探索着的年代里，怀着热烈的向往，时而充满自信，时而精疲力竭，而最后终于看到了光明——所有这些，只有亲身经历的人才能体会到。

爱因斯坦的话，恰恰是对一个成功者所经历的艰辛的最好表达。

20世纪60年代，中国科学家那项令世界瞩目的伟业——人工合成胰岛素，背后的甘苦不也是如此吗？

杜雨苍的爱子杜核这样评价他的父亲：“这么多年来，我一直这样认为，他是一个为胰岛素而生的人。”

细细品味杜雨苍的一生，儿子对父亲的评价不无道理。

有人对杜雨苍不屑，也有很多人对他竖大拇指，北京大学教授叶蕴华对杜雨苍就赞扬有加。1990 年，杜雨苍经过多方奔走和努力，牵头主办了第一届中国国际多肽会议，要知道，那一大笔会议经费是杜雨苍化缘得来的。杜雨苍道：“我行将就木，多给多肽做点贡献吧！”杜雨苍又出面邀请了国际上几位著名的多肽专家参会，这让国内的众多年轻学者受益匪浅，叶蕴华就是其一。这一年，恰逢胰岛素合成二十五周年。当外国专家在会上重提人工合成胰岛素时，钮经义感慨万千，他说：“那时我们对多肽一无所知。”言语中，钮经义为这次国际性会议的成功举办自豪而又兴奋。

杜雨苍没有对此满足，后来他又连续主办了两届多肽会议，最后一次是 2002 年在大连举办的。他对叶蕴华道：“今年我 70 岁了，以后我不再主办了，让年轻人办，你看怎么样？”叶蕴华望了一眼满头白发的杜雨苍，点点头道：“您该好好休息一下了。”杜雨苍凝望着大海深处的点点白帆，感慨道：“我这一生哪，都为了一个‘肽’字，我希望中国的肽事业，就像帆船比赛一样，百舸争流呀!”

杜雨苍一句话，让叶蕴华看到了一位科学家的赤子之心，她的眼睛湿润了。也就是在这一刻，也近70高龄的叶蕴华决定把杜雨苍手中的棒接过来，把中国国际多肽会议一届又一届地继续办下去。她握着杜雨苍的手道：“交给我们吧!”杜雨苍看着同样已经不年轻的叶蕴华说：“我记得你比我小不了几岁呀?”

后来，叶蕴华与当年一道参与人工合成胰岛素的徐杰诚一起主办了两届会议。杜雨苍虽然退到了幕后，可他没有袖手旁观，甘愿为叶蕴华和徐杰诚吹喇叭抬轿子。中国国际多肽会议如滚雪球一般，越办越大，参与的国家代表也越来越多。从1994年起，中国国际多肽会议设立了“华夏奖”，评委会主席为美国著名生物学家梅里菲尔德，他因固相肽合成获得了1984年的诺贝尔化学奖。徐杰诚、叶蕴华在1996年、1998年中国国际多肽会议上双双获得了“华夏奖”。

中国科学家后来在生命科学研究领域的广阔视野和机遇，从某种意义上说，是人工合成胰岛素带来的次生效应。

杜雨苍功不可没。

至今，叶蕴仍为杜雨苍没能成为院士而感到遗憾。叶蕴华说：

“他在天然胰岛素的拆合及半合成、全合成中，都起了关键性作用，可最后与院士无缘，实在难以理解。”

在中国科学家合成胰岛素的艰难历程中，有一个同杜雨苍一样重要的人物也不能不提及，此人就是张友尚。当我 2016 年初春在上海采访胰岛素合成的当事人的时候，已经 91 岁高龄的中科院院士张友尚已经住进了医院。据说，躺在病床上的张友尚先生对人工合成胰岛素那段历史记忆尤为清晰，而对自己当年遭受的磨难反而模糊甚至遗忘了。关于中国人工合成胰岛素的历史过往，其主角大都已经归于历史，尚在人世的张友尚无疑是最有力的见证者了。可是，他的病体已经不容他再向我细细描述了，这对我来说难免有些遗憾。关于他的点滴生平，我还是从他的小女儿及其他一些人那里获知的。

张友尚 1925 年 11 月生于北京，父亲张孝骞，湖南长沙人，著名医学家。早年毕业于湘雅医学院，后远赴美国约翰·霍普金斯大学做科研，回国后曾担任中国医科大学副校长、中国医学科学院副院长。

1955 年，中科院公布首批学部委员名单，张孝骞名列其中。张孝骞的学术造诣和高超的医术，赢得了上下一片赞誉。60 年代初期，张孝骞在参加全国医学工作会议期间，还受到了毛泽东主席的接见。原卫生部部长钱信忠称他为“一代典范”。

张友尚在女儿面前常说起父亲，每提及父亲耄耋之年加入中国共产党的事，张友尚都会为之动容，心情一时难以平静。张孝骞不仅是一个有良心的知识分子，还有一颗拳拳报国之心。尽管“文革”十年给他的身心都造成了极大伤害，但他对中国共产党的感情未有丝毫减少，随着时间的推移还与日俱增。

张孝骞晚年身患恶性肿瘤，卧床不起。张友尚来病房伺候，他拉住儿子的手，喜不自禁地道：“告诉你一个好消息，组织上已经批准我入党了。”言毕，竟像个孩子似的笑出了声。其神态一点都不像有病之人，这让张友尚很震撼。

1985 年 12 月 18 日，组织上特地在张孝骞的病房里为他举办了入党仪式。当时，张孝骞已经不能坐立，可他还是执意坐起来。一个健康人轻易能完成的动作，张孝骞在儿子张友尚的帮助下竟都难以完成，最后几乎是半躺在张友尚的怀里，豆粒大的汗珠从张孝骞的面庞落到了儿子身上。宣誓仪式开始，张友骞举不起右手，他对儿子说：“扶起我的手。”张孝骞声音虽然微弱，可字字清晰，一丝不苟。等宣誓完毕，他已经大汗淋漓，在场的人无不动容落泪。

翌日，张老安然离世。

张友尚常对女儿说：“你爷爷是完成了他终生最大的追求后才离去的。他的言行影响了我，直至终生！”

在张友尚眼里，父亲就是他的楷模。

张孝骞膝下两女两男，个个不凡。富有戏剧性的是，长女张友端和长子张友尚学成后双双从事生化科研，且在同一个单位。张友端是清华大学生物系的高才生，后远赴英国剑桥大学深造并获博士学位，1954 年毕业后就到了中科院上海生化所。

三年后的 1957 年，青年学子张友尚也来到了该所攻读研究生。生活总是富有戏剧性，在那个初春的早上，暖风拂面，鸟语花香，张友端和张友尚相聚在了一起，姐弟二人一见面就笑出了声，那开心的笑声，应该也感染了周围的香樟树吧。

张友端拍着弟弟的肩膀说：“你是步我后尘来的吧？”张友尚点点头道：“大姐是我的榜样，我是直奔榜样来了。”

从张友尚踏进生化所那天开始，他的人生轨迹就悄然发生了变化。

要不咋说人生如戏呢！

张友尚先是从浙江大学化工系毕业，后又相继任教于湘雅医学院、北京医学院、兰州医学院。张友尚受姐姐的影响，一直想从事科研工作，他觉得高校的舞台太小，他要走出去，像大姐一样专攻科研。他心目中最理想的去处就是中科院生化所，也就是大姐所在的地方。1956 年，中科院在全国招收研究生，张友尚见机会来了，马上向学院提出报名应试。可是，张友尚任教的兰州医学院舍不得放他走，张友尚便找领导软磨硬泡，最后都无功而返。

1957 年，为了给中科院增加考生来源，广揽天下之英才，有关部门决定，考生未经单位批准也可以报考。张友尚闻之异常高兴，满脸的愁云顿时被喜悦吹散了，他抱起妻子毛曼霞在原地转了几圈，放声大笑。多少年后，毛曼霞对一双女儿说："你爸爸平日里抱不动我，那天他竟抱着我转了三圈，最后把他累得一屁股坐在了地上。我呀，不如他考研究生重要。"

一双女儿听后笑了，都扭头看爸爸。张友尚摇摇头，脸上竟有些羞涩。女儿们见状哈哈大笑，直笑得前仰后合。张友尚也笑了，说："都是陈芝麻烂谷子的事了，还提它干吗呀？"说着，顺手摘下墙上的京胡。等神稳气定后，只见他手腕一抖，那京胡便有了温度、气息、生机，随之那激情的旋律从弦上流淌出来，时而疾，时而缓，时而如万马奔腾，时而如闲云野鹤。他跟着节奏，晃着脑袋，直拉得大汗淋漓。

张友尚痴迷京胡，源于父亲张孝骞。张孝骞不仅是戏迷，也是小有名气的票友。20 世纪 30 年代的北京，京戏繁荣，一度是京城无处不京戏。张孝骞晚上只要闲暇无事，必去戏园子，每次去必携膝下儿女一同前往。张友尚耳濡目染，由此也爱上了京胡。张孝骞见状喜上眉梢，特地给儿子请了一位京胡老师。那老师是戏园子里的高手，演技甚是了得，他白天专注于伴奏，晚上再入张家当老师。那时候，张友尚刚念五年级，少年聪颖，一点就透，老师甚是喜爱，便悉心调教。几年下来，张友尚已经拉得得心应手，京胡那独特的韵味逐渐在张友尚心中生根发芽开花，他一生都对京胡爱不释手。

张友尚膝下二女，大女儿张绍曾，小女儿张绍晖。张友尚少时除喜京胡，也酷爱辞赋。张绍晖到了上学年龄，妻子让张友尚给女儿起名字，张友尚沉吟片刻，便随口吟出毛泽东的诗句："我欲因之梦寥廓，芙蓉国里尽朝晖。"他笑笑道，"毛主席诗词大气又富有意境，取个'晖'字用，就叫张绍晖吧。"

张绍晖少时顽皮，模仿能力也强，刚看了现代京剧《红灯记》，马上就能哼上几句，没出几日，竟能有板有眼地演唱李铁梅的唱段了。张友尚喜上眉梢，连声道："知音何人也？乖女毛毛是也。"张绍晖乳名毛毛。每有客人来访，张友尚就操起京胡，张口道："毛毛，来一段。"张绍晖也不怯场，说声"好"，展开身段就唱了起来，一招一式，颇有模样。

1957年4月的一天，一位年轻人走进了中科院生化所曹天钦的实验室。年轻人中等个子，清瘦俊朗的脸庞，双眼中透着一股灵气。曹天钦正低头忙碌着，年轻人见了，便悄然立在那里。这时，曹天钦好像察觉到了什么，下意识地抬起了头，那年轻人见状，微笑着向老师轻轻道了声好，毕恭毕敬地鞠了个躬。

望着眼前这个温文尔雅的年轻人，曹天钦脸上露出了笑容："你就是张友尚吧？"张友尚道了声"是"，说："我刚刚放下行李，就赶过来拜望您了。"

曹天钦不禁多端详了一会儿这个年轻人，脸上溢出了发自内心的喜悦，他对张友尚说："欢迎你的到来！"说着，他握住了张友尚的手。张友尚觉得自己好像与曹天钦神交已久，他感到踏实、亲切。

从这一刻起，张友尚正式成了曹天钦的学生，也由此和恩师结下了不解之缘。在那个风云际会的年代，两人成了生死之交。这是后话。

中科院上海生化所是张友尚及众多科研工作者成功的摇篮，

当年同时踏进这座研究所的同学中，张友尚、刘新垣、李载平三人相继当选中科院、中国工程院院士。20 世纪 60 年代中期，从英国剑桥大学学成归来的张友尚，事业上风生水起。后来他相继担任了生化所副所长、分子生物学国家重点实验室主任、中华医学会内分泌委员会委员、医学遗传学国家重点实验室学术委员会委员。

姐弟情深。张友端晚年病重，张友尚常去探望，每每姐弟双手相握，泪水便溢满了眼眶。张友端凝视着张友尚的满头华发，喃喃道：“当年那个英俊的小伙儿哪里去了？一切都好像在眼前呀。”张友端说着缓缓伸出手，张友尚会意，急忙把脑袋凑过去。遥想少年时，姐姐总喜欢抚摸一下自己的头。张友端见状，轻轻地笑了。她抚摸了一下张友尚的额头，眼里都是满满的爱意，她笑道：“当年你步姐姐后尘来了，可在事业上，你却把姐姐远远甩到了后边，真是长江后浪推前浪，我被你打在了沙滩上，翻都翻不了身了。”

张友尚被逗笑了，他紧紧握着姐姐的手道：“你可是我的引路人。没有你，我只能是个观望者。”

张友端笑了，轻轻地摇了摇头说：“你为胰岛素的合成受苦了，姐姐为你高兴！”

是的，张友尚的事业是从合成胰岛素开始的。

1959 年，青年学子杜雨苍把重合的天然胰岛素活力恢复到了 5%~10%后，王应睐在一次会上不紧不慢地说："我们的研究已经前进了一大步，大家应该想想，我们怎样才能把 90%以上的杂质分离出来呢？这恐怕不是一件易事！"

王应睐讲这番话的时候，声音不大，语调也不急，这是他一贯的讲话风格，但这天在大家听来，却有万钧之重。谁能解燃眉之急？谁能担当此重任？

大家都知道，分离杂质是攀上人工合成胰岛素高峰的重要一环。大家你看我，我看你，一时无语。曹天钦沉吟片刻道："让张友尚来吧，我看他可以。"曹天钦轻易不发言，一开口都在关口上。大家的目光都聚到了曹天钦的脸上。曹天钦看了大家一眼，再次用肯定的语气说："他能行！"

就这样，这个任务落到了张友尚的肩上。

曹天钦推荐张友尚并不是心血来潮，而是经过深思熟虑的。张友尚在几所医学院任教那些年，积累了不少实验经验，虽然在科研上他还没有什么建树，可能力很强，举手投足都透着干练和娴熟。

当王应睐一锤定音的时候，张友尚正在上海漕河农场的地头上欢天喜地拉他的京胡呢，身旁的人也正听得津津有味。张友尚走到哪里，都会带着他那把心爱的京胡。张友尚常说："这把京胡是我的宝物，人生中的酸甜苦辣都在里面装着。"在农场劳动的间隙，有人喊一声："张友尚，来一曲！"张友尚笑笑，道声"好"，小心翼翼地从布袋里拿出京胡，随后席地而坐。大家纷纷放下手中农具，团团围过来，也都席地而坐，有的干脆半躺在地上。

张友尚边笑笑，边调音，眼睛看向碧绿的原野，还有田埂上正盛开的野花。这时候，他深深吸一口气，让泥土的芳香灌满鼻腔，接着就眯起眼睛，一副心满意足的样子。紧接着，他又喊声"好"，手腕一抖，那明快的旋律就从弦上倾泻而出，穿过人群，回荡在辽阔的原野上。

1959 年的一个夏日，在农场劳动的张友尚风尘仆仆赶了回来，如果不是重担在身，张友尚恐怕还会在他看来充满诗意的那片土地上待上一段时间。那是一个特殊的年代，知识分子常被下放到农村或者某一个农场接受阳光和田野的洗礼。几个月的劳动锻炼，张友尚结实了许多，皮肤也变得黝黑了，浑身上下洋溢着一股朝气和力量。有人调侃地说："张友尚，看你朝气蓬勃的样子，你这是因祸得福。"张友尚笑了，说："这都是大自然馈赠给我的。"

张友尚没有回家，而是一头扎进了实验室。按说，他已经很久没有见到妻子了，他应该先回到自己的爱巢和心爱的妻子诉说一下衷肠。细心的所长王应睐也是这么想的，他嘱咐张友尚道：“先回家看看，别急着进实验室。”张友尚点点头，他说先到实验室看一眼再回家，可张友尚进了实验室就没有拔出腿来，那些熟悉的仪器好像一下子活了，有的扯住他的衣襟，有的拉住他的手，有的抱住他的腿，张友尚觉得自己走不出实验室了。

在今天，分离纯化蛋白质轻而易举，因为我们有了各种先进的层析仪器。可在那个年代，摆在张友尚面前的只有离子交换层析仪。即使这样，我们的科研工作者也把它视若珍宝，张友尚觉得这台仪器会给他惊喜。可是，1959 年 8 月的那几个不眠之夜，张友尚却感到沮丧。他连续用了几种方法，都没能把杂质分离出来。他知道，眼前的离子交换层析仪，虽然能把胰岛素的 A 链、B 链分离出来，但对密集的杂质却无济于事。张友尚看着这台机器，眼里有些茫然。

这一年上海的夏天，气温已经突破了三十摄氏度，酷暑难当，人们盼着风，风来了，可都是热的，真是热浪滚滚。人工合成胰岛素实验室成了一个大蒸笼。为了给张友尚等人解暑，王应睐特地给他们找来了一台电风扇，尽管这台老式的电风扇尽职地吹着，但吹来的风也是热的，张友尚的衣服全湿透了，就像在水里泡过一样。

妻子毛曼霞并不知道张友尚已经离开了郊区的农场，就带着一包衣服去了，也带着一肚子的话，却扑了个空，她很恼火，转身返回了市区。这时候已经是夜晚，她下了车，径直来到生化所，推开实验室的门，她吓了一跳，眼前的人是她的丈夫吗？上面穿着一件皱巴巴的汗衫，下身是短内裤，蓬头垢面，浑身上下散发出一股难闻的气味。毛曼霞捂住鼻子扭过头道："你真是张友尚？"张友尚笑了，道："不是我还是谁？你丈夫又不是孙悟空，会七十二变，变出万般模样来？"毛曼霞看着丈夫哭笑不得，气也消了，说："这些日子你怎么睡的？就在这里？"张友尚指指仪器旁边的破沙发说："就在那上面凑合，伸不开腿，蜷一夜太累。"毛曼霞心疼地说："你呀，你呀，都成了野人了。"

是啊，一向注重仪表的张友尚为了科学已经顾不上其他了，他满脑子都是胰岛素提纯，除了用离子交换柱层析法，他也用了别的方法，可一样样地试，最后一次次失败。

每一个深夜，困乏劳累的张友尚都用京胡来提神，用它来抒发一次次失败后的心境，他并不知道，走廊里有一个最忠实的听众，他就是王应睐。所长王应睐的家与生化所一墙之隔，站在楼上，生化所一景一物，尽收眼底。

在张友尚攻关之时，王应睐常从家中带餐给张友尚，为了不干扰张友尚研究，王应睐很少当面问进展情况，可他每晚几乎都在走廊里倾听张友尚的京胡，他能从旋律中知道张友尚的实验进度、成功与否。京胡沉默了，走廊里又是一片宁静，同以往一样，王应睐看看实验室的门，他盼着张友尚能走出来说上个一二，可实验室的门依然紧闭着，王应睐只得悄然离去。

简单往往会得到意想不到的效果。张友尚摒弃了复杂的分离模式，他采用了纸层析的一种溶剂——酸性仲丁醇——在试管中萃取，经过反复摸索，最终在1959年末获得了成功。

那是一个明朗的早晨，一夜未眠的张友尚踉跄几步走到显微镜前，他心中充满着希望，可也担心会像以往一样失望。他低头凝视着，透过显微镜他看到了胰岛素结晶，那晶体不再浑浊，而是晶莹明澈，洁净无瑕。

在张友尚看来，显微镜下就是一个明亮斑斓的童话世界，那里充满着神奇。张友尚激动了，只觉得浑身的血都涌到了脑门上，呼吸也急促起来，他流泪了，大颗的泪珠落到了显微镜上。

他拿起身旁的京胡，很快，一阵激昂的旋律在实验室里响了起来，声音很大也很有力，最后冲出实验室，在走廊里回荡着。

这时，实验室的门一下子开了，王应睐笑容满面地闯进来，后面紧跟着曹天钦。张友尚停下演奏，从破沙发上一下子立了起来，疲倦的脸上堆满了笑意。

王应睐慢声细语道："听你的京胡声，就知道有眉目了。"张友尚用力点点头，颤动着声音道："所长，已经分离出来了，纯的，是纯的！"王应睐紧紧握着张友尚的手，点点头，没有说话。

张友尚的老师曹天钦喜上眉梢，他拍着张友尚的肩膀，连声说了几个"好"。张友尚从部分纯化物中得到高纯度的结晶，证明重新合成的天然胰岛素与合成前的空间吻合，都有着同样的空间结构。之前曾有人忧虑重重——我们费了九牛二虎之力合成了胰岛素，到最后搞不好只是一个"变味"的蛋白质。

谁都知道，这一关过不去，人工合成胰岛素将会遥遥无期。

正当我们为合成胰岛素费尽周折的时候，1961 年夏末，一位叫安芬森的美国科学家对外界宣布："蛋白质的一级结构决定高级结构。"安芬森 1916 年出生，这位举止温文尔雅的美国人 1943 年获哈佛大学生物化学博士学位。1961 年初，45 岁的安芬森和他的同事用桑格试剂等方法，拆开了单链核糖核酸酶的二硫键，然后他们又进行重合，结果发现酶活性很高，由此安芬森有了一级结构决定其高级结构的科学断言。正是因为有了这项划时代的贡献，他于1972年登上了诺贝尔化学奖的颁奖台。

其实，中国科学家在人工合成胰岛素的关键点上，比他早了一年多，只是当时基于保密要求，没有对外界发布我们的成果罢了。

相比于中国科学家的研究成果，安芬森拆开单链的核糖核酸酶四个二硫键要简单得多。

当1961年安芬森把他的蛋白质一级结构决定高级结构理论公布于众的时候，富有戏剧性的是，中科院上海生化所主办的《生物化学与生物物理学报》上也发表了杜雨苍、张友尚、鲁子贤、邹承鲁共同署名的文章，标题为《从胰岛素A及B链重合成胰岛素》。

对于中国科学家的卓越表现，远在美国的安芬森是否知道和了解，我们不得而知。

无论世界科学家知道与否，中国科学家已经证明，拆开的天然胰岛素A、B链在一定条件下能够按照原来的天然结构进行二硫键配对并自动盘曲为胰岛素，无须其他分子参与，更不用加上外力让A、B链如同少女跳舞般地扭动纤细的腰肢。

而这一切，都曾经让世界著名的生化学家维格纳奥德等众多科学家望而生畏。

四十年后，杜雨苍、张友尚、邹承鲁每每谈起此事，言语中多少有些遗憾。

如果他们早一些把成果公布于世，那诺贝尔奖花落谁家还是个未知数。比照着美国科学家安芬森的贡献，1972 年的诺贝尔化学奖也许会颁给我们中国的科学家。

2003 年的一日，邹承鲁院士对前来拜访的熊卫民先生说道："假如我们得到结果马上就拿到《自然》杂志上发表，那么就会比他（安芬森）早。在《自然》杂志上发表比较快，只需等待几个月时间。也就是说，如果我们将这个成果及时发布出去，发表时间就不但比加拿大人早，他们 1960 年发表，活性只有 1%～2%，而且会比美国安芬森获得诺贝尔奖的成果发表时间早。"

当年和张友尚共事的人大都觉得：张友尚首先是敬业，再就是铁骨铮铮。说到他的贡献，人们发自内心地敬佩；说到他的品质和刚强，人们也由衷地竖起大拇指。

张友尚对出国深造一直十分向往。新中国成立不足一年，为了培养高层次人才，我国派出了二十五名佼佼者出国留学，这是新生的共和国第一次向国外派出留学生。那个时候，新中国与世界上其他国家鲜有建交，留学人员的去向大都是世界上一些社会主义国家。到 1951 年，我们已经向社会主义大国苏联派出了大批留学人员。

张友尚的留学目标是英国的剑桥，剑桥大学的生物化学研究室享誉世界，在世界科研领域赫赫有名。他的姐姐张友端以及生化所的王应睐、邹承鲁、曹天钦等人都是从剑桥走出来的。但张友尚也知道，由于多种因素，那时几乎无人能去资本主义国家留学。

随着中国和苏联关系的降温，中国开始了向英国等资本主义国家派遣留学生。听到这个消息时，张友尚既兴奋，又有些忐忑，高兴的是曙光就在眼前，忐忑的是他难以向组织张口。张友尚为人，宁愿亏欠自己，也绝不亏欠他人。姐姐张友端极力动员弟弟抓住这个机会，她说："你起步于胰岛素合成，也受益于胰岛素，将来还得研究胰岛素，剑桥大学是多少人都向往的呀，那里的分子生物学研究室能为你的将来插上腾飞的翅膀。你去找王所长，找你的老师曹天钦呀！"张友尚很难为情，他吭哧了半天道："我能来读研究生就已经很好了，怎么好意思向组织张口？"张友端看着弟弟一脸难为情，扑哧笑了："你呀，还是不是个男人？一点冲锋陷阵的勇气都没有。罢了，我去给你说，我去张这个口。"张友尚见状急了，连连摆手道："你千万不要去说，个人服从组织，不能你想干什么就干什么。”张友端嗔道：“你呀，算是继承了爸爸的认真劲！那就等组织安排吧。”

那也是一个春天，犹如当年张友尚接到中科院上海生化所的入学通知一样，一个好消息再次降临到张友尚的头上。这一天，曹天钦来到了实验室，张友尚正在埋头实验，曹天钦是以室主任的身份来通知张友尚的，他笑容满面地道：“你得暂时离开这个实验室一段时间了。”张友尚有些诧异，一时不知说什么好，只是晃着两只手怔怔地看着曹天钦。曹天钦拍了一下张友尚的肩膀说：“组织上已经批准你到剑桥大学留学了。”张友尚很意外，一下子怔在那里。曹天钦笑了，说：“喜从天降，很意外吧？好了，别愣着了，去准备吧。”张友尚这才恢复了常态，他点点头道：“谢谢老师，谢谢组织！”

当张友尚把这个消息告诉妻子毛曼霞的时候，毛曼霞先是一怔，随后笑了，她高兴地道：“去吧，你的愿望终于实现了。”这是一对恩爱夫妻，可谓是鸾凤和鸣，比翼齐飞，夫唱妇随。

尽管那个时候毛曼霞不希望张友尚再远行，但这个知书达理的女人知道丈夫的大志，如当年支持他到中科院上海生化所深造一样，今天也同样支持他远赴英国，去实现他的梦想。

1964年的4月，张友尚即将启程。在一个明媚的日子，他们一家三口特地来到上海人民照相馆合影留念。这张照片，被张友尚视为珍物，一直保存至今。多少年之后，张友尚每当看到这张照片时，都会感慨万千。小女儿张绍晖小时候问张友尚："照片里怎么没有我？"张友尚闻之哈哈笑了，他道："照片里是三人，实则是四人哇！"绍晖不解，眼里满是迷惑，张友尚忍俊不禁，放声大笑。

这一年，长女张绍曾10岁，而毛曼霞又身怀六甲，张友尚所言第四人指的就是未出世的小女儿张绍晖。那一天，他们说说笑笑地走出上海那家老字号照相馆的时候，整个上海已经沐浴在灿烂的晚霞中。张友尚看到，同样沐浴在彩霞中的妻子母性十足，他走上前去，抚摸着妻子隆起的腹部，不安地说："我真不应该在这时候离开你。"毛曼霞莞尔一笑，道："等你回来的时候，她会挥着小手欢迎你的。"张友尚凝望着远处，好像在回味着什么。虽然还没有离开上海，但他已经在憧憬着未来和孩子见面的时刻了。

张友尚在那座世界著名的实验室里潜心研究了几个月后，他的幼女张绍晖呱呱坠地了。在英国剑桥并不算长的日子里，张友尚可谓是呕心沥血，他几乎每天都是半夜才离开实验室。他的导师赫胥黎很看重这位瘦小的中国留学生，每天上午一见到张友尚，他都会盯住张友尚那双红红的眼睛，晃动着双手说："张，你又熬夜了，你不要命了吗？科学的道路可不是一天就能走完的。”张友尚笑道：“对我来说，这里的每一分钟都至关重要。”

小女儿张绍晖来到世间不久，远在国外的张友尚也拿出了一份沉甸甸的论文，赫胥黎看了，不由得伸出大拇指，连声说好。他连续两次拥抱了这位年轻的中国学者。他对张友尚说：“张，两个拥抱，这是我对你最大的褒奖！”

赫胥黎是英国著名的生物学家，在生物学界赫赫有名。他对每一个学生都是挑剔的，唯独对张友尚青睐有加，是张友尚的科研精神打动了这位挑剔而又苛刻的科学家。

当然，不仅仅因为这一点，还因为一瓶植物病毒样本。随着归国日期的临近，那瓶植物病毒样本老是在张友尚面前挥之不去。张友尚知道，国内的病毒样本少之又少、稀之又稀，他一直迫切地想得到它，并顺利地将它带回中国，带回生化所。

多年后，张友尚常把这件往事讲给自己的学生听，每次说完此事，他都会接着道：“我们每一个人对自己的事业，都要付出百倍的爱。科学家是视自己的事业为生命的。病毒样本是常人唯恐避之不及的，可对一个科研工作者来说，那就是珍物，须时时小心翼翼地对待它。”何况张友尚想以此病毒样本继续研究自己的科研项目。张友尚所在的实验室怎么能允许一位中国的科学家把病毒样本带走呢？张友尚决定还是从自己的导师赫胥黎那里着手。在一个午后，张友尚像往日一样给导师端来了一杯咖啡，随后，他面对导师深深鞠了三个躬。赫胥黎愣住了，他看着张友尚道："张，有事尽管说，咱们不需要这么客气。"张友尚点点头，向赫胥黎提出带走那株植物病毒的要求。赫胥黎头摇得像拨浪鼓，嘴里连说了几个"不行"。张友尚道："我在这里一年多，主要研究方向就是这个，一株病毒对这座闻名于世的实验室来说算不了什么，可对于我来说至关重要。"赫胥黎沉默了一会儿，最后还是摇摇头拒绝了。

张友尚没有放弃，他知道赫胥黎酷爱咖啡，他就外出买来上好的咖啡，每天都为赫胥黎奉上一杯浓浓的咖啡，随后都会毕恭毕敬为导师鞠上三个躬，然后就是一番诚恳的话语。连续数日后，赫胥黎被感动了，他意味深长地对张友尚道："张，我没有看到你拿走那株病毒，知道吗？我没有看到。"说完，他又对张友尚挤挤眼睛。张友尚笑了，赫胥黎也笑了："张，你用咖啡收买了我。这咖啡可是变了味道呀！"

也就是这年 10 月的某一个日子，张友尚下了轮船，走上了上海熟悉的街道，如妻子毛曼霞说的那样，迎接他的是牙牙学语的小女儿张绍晖。看着眼前怯生生望着自己的小女儿，张友尚真是又惊又喜，回想一年前，她还在母亲腹中，如今已经是一个生动活泼的小精灵了。

同杜雨苍一样，在完成人工合成胰岛素以后的数年中，张友尚从没有和胰岛素分割开来。糖尿病是人类常见病，也是顽症，仅中国目前就有一亿人左右患糖尿病，整个人类患此病的更是不计其数。治疗糖尿病最有效的办法是注射胰岛素，随着糖尿病患者增多，人类需要大量的胰岛素。从 20 世纪 20 年代开始，医用胰岛素来源于动物，牛和猪的胰脏是胰岛素的主要来源，据说，由于提取成本较高，现在主要使用基因重组生产的胰岛素。

也许有人会问，五十多年前我们的科学家就成功合成了胰岛素，为什么不用人工甚至机器合成呢？当年参加合成胰岛素的科学家常被问及这个问题。人工合成胰岛素投入大，可产出甚微。那个时候，我们的科学家合成胰岛素，是为了探索从有机物到有机生物活性蛋白质的奥秘。

科学研究的目的不仅是认识自然规律，而且是在规律中获得造福人类的方法。张友尚没有把人工合成胰岛素的成功作为终结，而是延伸开来发扬光大。

血液中的胰岛素在饭后三十分钟到六十分钟浓度升高，一百二十分钟以后逐渐恢复到原样。糖尿病患者注射胰岛素一百二十分钟后血液中的胰岛素才出现大幅上升，其高浓度持续数个小时，这样会使患者血糖随着血液中胰岛素高低变化而忽上忽下。单体速效胰岛素能够抑制这种症状，给患者带来福音。张友尚从20世纪70年代初就开始研究开发单体胰岛素。1998年，他与自己的科研小组申请了“单体胰岛素的制备方法”专利，随后的多年中，他和科研小组在胰岛素领域又有多种发现和科研成果。

多少年后，当张绍晖即将踏入大学校门的时候，张友尚特地带着女儿参观了生化所和人工合成胰岛素实验室。在张绍晖的童年记忆中，父亲离她很遥远，父爱也好像遥不可及。那时候的父亲几乎都是在实验室里度过的，与家人聚少离多，她曾经对此耿耿于怀。可张友尚是深爱着女儿的，1979年7月，张友尚在加拿大多伦多参加国际生物化学联合会会议期间，为了给女儿买一双滑冰鞋，寻找了很多地方，最后才觅到。要知道，当时滑冰鞋在中国还是难得一见的。当张友尚把滑冰鞋拿给张绍晖的时候，张绍晖又惊又喜，连声说：“太意外了，太意外了!”

也就是这次参观，让张绍晖重新认识了父亲。她问父亲：“你们当年到底是靠什么成功的?”

对女儿的问题，张友尚的回答很简单，他说：“靠的是一种精神。”

如今，当年那个青涩的少女已经为人妻为人母，而满头银发的张友尚则已经躺在医院的病床上。

最初，张绍晖接受不了这个现实：难道神采飞扬的父亲就这样躺下了吗？那段时间，张绍晖每每看到父亲那把挂在墙上的京胡，恍惚中，都有一个熟悉欢快的声音出现："毛毛，来一段!"紧接着，父亲手中的京胡响了起来，毛毛拉开身段，张口唱了起来。她看到，父亲起劲地拉着，直拉得眉飞色舞，神采飞扬。

一切又归于平静，枯坐在那里的张绍晖已经泪流满面。

第四章　一个时代的影像

大协作

当1959年末生化所的杜雨苍和张友尚这两位年轻人在胰岛素上取得初步成果的时候，以钮经义为首的合成小组也打开了喜人的局面。

令人振奋的是，他们已经把B链三十个氨基酸小肽合成了。

1959年冬季的某一个日子，钮经义正在王应睐的办公室绘声绘色地为他描述人工合成胰岛素的前景。钮经义边说边抽烟，烟雾在狭小的办公室越积越多，越来越浓。王应睐吸了一下鼻子，不禁咳嗽了一声。钮经义赶忙掐灭了烟，不好意思地说："看我这大烟鬼，呛着你了。"

王应睐笑了："要是你在胰岛素上有更大突破，我买烟给你抽，而且还是上好的烟。"钮经义也笑了："那好，看来我得加倍努力了!"接着他又有些着急地说，"我们这里快马加鞭，可北京大学还是风平浪静呀！他们对咱们的初步科研成果还抱着怀疑态度呢。"

王应睐听着，思考着，他说："你们两个科研小组都已经找到了突破口，接下来咱们还要加把劲，毕竟人工合成胰岛素的路还很长呀! 北京大学那边我们给他们加把火，热度不够可不行。"

钮经义点点头笑了。正当他考虑如何给北京大学加油的时候，北京大学的热情却突然空前高涨起来。

其实，北京大学有机化学教研室在 1959 年初春就已经行动起来，带头人是邢其毅和张滂。邢其毅生于 1911 年，时年 48 岁。张滂比邢其毅小六岁，1917 年出生。两人年龄相差无几，正值盛年。邢其毅 1933 年在美国伊利诺伊大学获博士学位，后又赴德国慕尼黑大学从事博士后研究，而张滂则于 1949 年在英国剑桥大学获得博士学位。二人后来都成为中国科学院院士，有机化学领域的佼佼者。人工合成胰岛素，离不开有机化学方面的专家，故邢、张二人担当了此任。在他们的麾下，聚集了一批青年才俊，有季爱雪、李崇熙、陆德培等人。

邢其毅是中国有机化学教育的重要奠基人之一。他的著作《有机化学》曾被教育部列为全国高等教育的通用教材，几代人受益于此，该书被人们尊称为“邢大本”。之后，他的《有机化学基础》又被人们称为“邢小本”，其影响力可见一斑。

1957 年的某一日，作为教授的邢其毅为叶蕴华等学生讲课的时候，个别学生已经做好了打瞌睡的准备，但他们很快就被邢其毅风趣、深刻而又通俗的语言表达吸引住了。在邢其毅的口中，枯燥的有机化学成了斑斓多彩的世界。邢其毅身着整齐的中山装，举手投足间神采飞扬。让叶蕴华和同学们不解的是，邢老师口袋里怎么还装了一个瓶子呢？鼓鼓囊囊的，显得极不协调。课间休息时，邢其毅摸出瓶子喝着里面的液体。面对同学不解的目光，邢其毅笑了笑道：“我今年 46 岁了，还没有离开奶瓶。”同学们哄堂大笑。后来大家才知道，邢老师患有胃溃疡，每次讲课他都带一小瓶牛奶，在课间休息时饮用。

邢其毅很幽默，常一张口就逗得人开心大笑。有一次为祝贺一位博士毕业而聚餐，席间，邢其毅又侃侃而谈：“美国总统是一位了不起的政治家，深受国人的尊重和爱戴，可他在世界上只怕一个人——”邢其毅突然不说话了，微笑地看着大家。同学们急了，纷纷问："怕谁?"邢其毅故作严肃地道："老婆!"说完，他话锋一转，"这位总统先生可真不容易，白天全力工作，应付来自各方的政敌，回到家里还得受老婆的气，多憋屈呀!"大家皆笑。在座的一位同学问邢其毅："老师，您惧内吗?"邢其毅不假思索道："因为我不是伟人，所以不惧内。"大家一阵爆笑。

邢其毅是一位有建树的学者，早在20世纪50年代初他就预言——在未来，蛋白质和多肽化学必将成为有机化学研究的前沿阵地。当他知晓中科院上海生化所的专家们准备人工合成胰岛素的时候，他激动得连声道："功莫大焉！功莫大焉!"

可是，邢、张后来因为一些原因，不得不离开胰岛素合成项目。不久，北京大学化学系迎来了一位"老革命"王孝庭，他走马担任化学系党总支书记。王孝庭1925年出生，说他是"老革命"，一点都不为过，他15岁就加入了中国共产党，曾经是一位出色的地下工作者。

王孝庭迈着军人的步伐走进北京大学化学系那一年，正好34岁，可谓风华正茂。他精力充沛，富有激情，讲话干脆利落，极具鼓动性。年轻的学子们非常欢迎这位充满传奇色彩的人物，对他的到来报以热烈的掌声。从血雨腥风中走来的王孝庭渴望国家强大，他认为干事业的人应该就像当年冲锋陷阵的勇士们一样。

对人工合成胰岛素的进度，王孝庭不满意，他说：“知识分子往往就缺少那么一股冲劲和蛮劲，对合成胰岛素，我们早就该吹冲锋号了！要冲，冲，冲！否则，我们要等到猴年马月才能合成？到那个时候，帝国主义国家早就赶到我们前头去了！”

王孝庭的话让年轻的学子们热血沸腾。有人说：“孝庭同志，你就是领路人，你一声令下，我们就发起攻击，不相信拿不下胰岛素这个小山头。”

邢其毅听了苦笑，他自言自语道：“这是科学，不是打仗。胰岛素也不是小山头，而是珠穆朗玛峰！”

张滂也嘟哝：“心急了是喝不得热粥的，那样会把嘴皮子都烫出水泡来的。”

王孝庭讲这番话后不久，北京大学的校园里就出现了很多口号：“坚决打胜人工合成胰岛素这一仗！我们要成为人工合成胰岛素的领跑者！”

王孝庭麾下很快就聚集了几百人的攻关队伍，有老师，有学生。王孝庭挥着手喊道：“我们要来一场大兵团作战，要以优势兵力打一场歼灭战！”

当年北京大学人工合成胰岛素大奋战的场景，80 岁的施溥涛老人还历历在目。那是一个不算冷的冬日，在中科院上海生化所小会议室里，施老操着一口浓郁的宁波话笑呵呵地说："我是亲历者，点点滴滴几乎都还记在脑子里，一闭上眼睛，眼前都是那一幕幕场景。"

已经享受天伦之乐的施溥涛曾是中科院上海生化所的研究员。1959年，施溥涛刚好24岁，那个时候，学生党员都要挑担子的，正因为此，刚刚毕业不久的施溥涛就成了化学系有机教研室的副主任。王孝庭见他活跃而又有朝气，就让他主管胰岛素合成。在王孝庭的鼓动下，北大的胰岛素合成已经开展得如火如荼，可他还不满意，他对师生们说："我们应该像当年百万雄师过大江一样，搞胰岛素也要有这种精神!"王孝庭见施溥涛还缺那么一股子干劲、冲劲，就决定调兵遣将。他把正读大学的花文廷和叶蕴华调来参加胰岛素合成，并委以叶蕴华有机教研室党支部书记的重任。这一年，叶蕴华芳龄刚过20，眉宇间还挂着一丝稚气。她比施溥涛低一届，可为了胰岛素合成提前三个月就毕业了，为此叶蕴华还哭了鼻子。王孝庭皱着眉头围着她转了几圈："蕴华同学，胰岛素合成是为国争光、为人类争光的大事业，要无条件地服从，没学完的课程将来可以补上嘛!"叶蕴华拭了一把泪道："可我还没毕业，还没做过科研呢。这么小的年龄实在挑不起这么重的担子。"王孝庭又皱起了眉头，说："啥？你这个年龄要是放在红军长征时，有的都是红军师长、团长了，有的十几岁就走完二万五千里长征了！你这是小丫扛大旗，要勇敢地挑起来。”叶蕴华被王孝庭说得热血沸腾，用力点点头走了。

北京大学在胰岛素合成大兵团作战期间，王孝庭是总负责人，也是总指挥，胰岛素A链合成由叶蕴华挂帅，B链合成则是施溥涛负责，花文廷负责分析和A、B链拆合，陆培德是后勤保障。陆培德不满意自己的岗位，嚷着要去一线参加胰岛素的合成。王孝庭就黑着脸对陆培德说：“别小看自己这个粮草官，前方胜负可全靠你。”

随着科研进度的推进，氨基酸的需求量也越来越大，陆培德连连告急，王孝庭火了，朝着陆培德开了炮：“你是怎么供应的？”陆培德道：“材料不足，我没米下锅呀！”

王孝庭亲自出马，带着施溥涛到各家医院收集氨基酸，一家一家地跑，走马灯一样地转。有一天晚上施溥涛正在测熔点，一阵困意袭来，他的脑袋靠在了煤气灯上，头发被烧去了一片。这天早上，王孝庭又来喊施溥涛上医院收集氨基酸，施溥涛苦着脸指着自己的头道：“我这样子咋出门？”王孝庭哈哈一笑，拽着施溥涛就走，一些医生、护士看施溥涛的样子，忍俊不禁，笑得前仰后合。

也就是这一天，北大出事了，一个学生被烧伤了。胰岛素合成需要大量的溶剂，一些废弃溶剂要及时处理，学生们就在北京大学的棉花地里挖坑烧掉。那天有个学生划了几根火柴扔下去，可废料没有燃起来，旁边的韦全贵刚入学一年，他见状心中便涌起了一股英雄豪气，大咧咧地说："看我的!"言毕就跳进坑里，他刚划着火柴，只听呼的一声，坑下就腾地燃起了一个红红的大火球。韦全贵尖叫着往上爬，那火苗就像一条吐着信子的长蛇，先是咬住了韦全贵的裤脚，接着又蹿到了他的后背上，紧接着又烧到了他的头发。一干人慌了，纷纷俯身去拉韦全贵，有的被火烧了眉毛，有的被烧了头发。

施溥涛到医院里去看望韦全贵。北京大学出于对韦全贵的关心，特批准他留校在哲学系做行政工作。

北京大学尽管发动了人海战术，可雷声大雨点小，王孝庭还是不满意进度，他把叶蕴华叫到办公室说："太慢，还是太慢！要大干三十天初见成效!"最后，王孝庭扳着指头给叶蕴华一一定了任务。叶蕴华回来把王孝庭的意见传达给施溥涛，施溥涛一听就急了，操着一口宁波话叫了起来。叶蕴华一句也没听懂，眨巴着一双美目看着施溥涛说："你别急，慢慢说。说快了我听不懂。"施溥涛咽了口唾沫，一字一句地表达自己的意见。叶蕴华明白了：

“你的意思是不可能!”施溥涛点点头。叶蕴华深有同感，抬脚又到了王孝庭的办公室。叶蕴华小心翼翼地道：“孝庭同志，这任务恐怕很难完成。”叶蕴华话音未落，王孝庭就火了：“同志，胰岛素合成，毛主席期待着，周总理期待着，全国人民都期待着，没有条件我们创造条件也要上呀!”

叶蕴华小声道：“科研不是一哄而上，更不能搞人海战术，要遵循科学规律。”王孝庭闻言，更火了，气得拍了桌子。叶蕴华看“老革命”这样，吓得不敢再出声，只是抹眼泪。王孝庭见状有些不知所措，又是给叶蕴华端水，又是为她拿毛巾擦眼泪。

王孝庭一时没有开口，低头在房间里来回走着，良久才抬起头来说：“我们这些从战争年代走过来的人，真是渴望国家一切都好起来啊！胰岛素如果能合成，那该是多么了不起的事，既是对人类的一项大贡献，也是为国争光呀!”

王孝庭说完，用期待的眼光望着叶蕴华。

叶蕴华点点头，她心里何尝不是这样想的？可是，科研毕竟不能揠苗助长，也不能仅仅凭着一股热情。叶蕴华看着眼前这位从战火硝烟中走出来的‘老革命’，实在不忍心给他泼冷水，她点点头道：“我动员大家全力以赴。”

叶蕴华走出王孝庭的办公室，放眼看去，几乎到处都是为胰岛素大干快上的景象，作为党支部书记，她感到肩上的担子很重。

中科院自然科学史所中国近现代科学技术史资料中心收藏着几份熊卫民关于人工合成胰岛素的访谈录，其中有这样一些文字——

亲历者汤卡罗教授：有的专门负责发豆芽，用它来提取天门冬氨酸；有的同学则通过大烧瓶用盐酸来煮丝绵被中的丝绵，用这个方法来制备丝氨酸。

亲历者叶蕴华教授：有的同学在生产别的相关产品，譬如说剧毒的光气。

亲历者陆德培研究员：有的同学提纯极易燃烧的乙醚、石油醚等。

据中国科学院生物化学研究所档案《601工作有关协作问题》（601为人工合成胰岛素代号）记载：因陋就简，自力更生，进行试剂制作。

亲历者夏其昌研究员：大兵团作战持续了非常长的时间。那时候是整个不上课的。大家停课，用三班倒、两班倒的方式做。

……

白天班的工作时间，反正不是八小时，十二小时也不止。当时是两班倒还是三班倒，我记不清了，很可能是两班倒。你想想，那时候（晚上）十二点以前睡觉是不大有的，十一点钟吃夜宵嘛。

……

当时以为工作非常简单，以前之所以没有搞上去，是因为保守，只要解放思想，是能搞上去的，所以大家是热火朝天地在搞。

回望20世纪一幕幕胰岛素攻关的场景，那种奉献精神感染着那个时代的每一个人。尽管50年代末60年代初国家困难重重，我们还是给了科研人员生活上最大的关照。当时，北京大学有师生数百人参加了攻关会战，其中很多人甚至连化学试剂的元素结构都不知道。在一些人看来，把多肽放在一起，就合成了新肽，脑子里只是有个加法的概念，随后以此类推，很快就合成了A链。

这个时候，远在上海的复旦大学也行动起来。开始复旦大学七十多名师生上阵，为了赶超北大和生化所，最后队伍扩展到百余之众。同样，在北京大学1960年4月22日合成A链之日，复旦大学也完成了B链三十肽。

我们报喜来了

对叶蕴华和北京大学的师生们来说，这是一个激动人心的日子。

1960 年 4 月 24 日，叶蕴华赶到首都机场准备乘机远行。在那个年代，能乘机远行是很多人不敢想的事，可这幸运落到了年轻的叶蕴华的头上，给叶蕴华带来这次幸运的自然是人工合成胰岛素。

这一天，置身在人群中的叶蕴华手里提着一个小箱子，看得出，她把这个箱子看得格外重要，每走一步都小心翼翼的，生怕有丝毫的闪失。

周围没有人知道这个箱子里的秘密。可叶蕴华明白，箱子里装的胰岛素 A 链可是北京大学师生们用心血合成的啊！

叶蕴华临走的时候，施溥涛对她千叮万嘱，他轻轻拍着那个小箱子说：“要人在箱子在，这可是无价之宝呀！”

叶蕴华知道它的分量，连连点头。想到自己马上就能乘机飞上蓝天，她激动得双颊都飞起了红晕。

叶蕴华走后，施溥涛他们直奔火车站坐上了开往上海的火车。

4 月 19 日，中国科学院第三次学部会议在上海锦江饭店举行，时任国务院副总理、国家科委主任的聂荣臻元帅，中科院院长、著名诗人郭沫若专程出席。

参加这次大会的都是重量级的专家学者，可谓是群贤毕至，少长咸集。

而北京大学的叶蕴华是专门到大会上报喜的。

24 日上午，也就是叶蕴华从上海机场乘车赶往上海锦江饭店的时候，曹天钦迈着沉稳的步子走上了报告席，他自豪地宣布道："告诉大家一个好消息，就在这次大会开始的第二天，我们生化所的科研人员已经成功合成了半人工合成胰岛素（人工 B 链和天然胰岛素 A 链合成的胰岛素）。"

曹天钦停顿了一下，紧接着又高声说："下面请钮经义同志给各位专家做详细报告。"

钮经义讲得很激动，下面听得也很激动，掌声一阵阵响起。坐在前排的著名生化学家汤佩松、童第周更是兴奋不已。这一年，汤佩松 57 岁，童第周 58 岁，两位在生化领域卓有成就的科学家深知人工合成胰岛素的重要性和深远意义，今天听到这激动人心的好消息，怎么能不动情呢？汤佩松连连点头，童第周则低声说了数个"好"字。最后，两位老人的手不自觉地紧紧握在了一起，越攥越紧，眼里也流下了喜悦的泪水。

正当大家欢欣鼓舞的时候，叶蕴华提着小箱子快步走进了会场。她低声对大会工作人员说了几句话后，就迈着轻盈的步子走上发言席。她此时很激动，没有铺垫，也没有渲染，直接开门见山地宣布：“我们北京大学已经成功地合成了胰岛素A链……”

她的声音抑扬顿挫，很悦耳，很动听，也格外鼓舞人心，会场上响起了热烈的掌声。特别是当听说她是北京大学胰岛素合成的负责人时，与会的科学家们对这位扛大旗的小丫头更是刮目相看。汤佩松老人伸出大拇指，连连说：“北京大学了不得，了不得！少年可畏！后生可畏！眼前的这小丫头更可畏！”

汤佩松话音未落，会场外突然传来一阵锣鼓声，那是报喜的锣鼓声，是那个年代常有的。不过，报喜的锣鼓声直接敲到锦江饭店会场外还是第一次。大家愣怔间，锣鼓队已经进入会场，有人看到，率领锣鼓队的竟是复旦大学校长、著名数学家苏步青。苏步青1902年出生，时年58岁，这位被人们誉为“数学之王”的大科学家虽已近耳顺之年，可精神矍铄，举手投足不见老态。他是江浙人，个子不高，此时正起劲地挥手指挥着鼓点，每一次用力，好像都要跳起来一样。

大会主持人请苏步青发言。苏老迈着矫健的步子走上发言席，轻轻地一挥手，锣鼓声戛然而止，他高声道："同志们，我们今天特地赶来报喜。这是一个大喜事，一个激动人心的大喜事，我们复旦大学已经成功地合成A链、B链了。"

苏步青话音未落，会场上已经响起了热烈的掌声。

聂荣臻元帅高声说："有人说外国人没做到的中国人更做不到。此话毫无道理，难道外国人比咱们多长个脑袋？他们没办到的事咱们偏要干成！"

说到这里，就像战争年代做战前动员一样，聂帅大手用力一挥接着说："现在我们可以说中国人做到的，外国人恰恰没有做到……有人说科学只有一个人研究才能算科学，研究成功才算科学家。世界上没有的我们搞出来了难道不算科学吗？我们不算科学家吗？不！我们在座的全体都是伟大的科学家。合成蛋白质的同志大多数是二十几岁的人，北大的年轻同志更多，这给予我们很大的鼓舞……我们采取的方式人家说是人海战术，事实上我们需要一个扩大的队伍。现在科学的发展综合性很大，肯定需要成千上万的人来研究。"

聂帅说到这里笑了笑道："我是军人出身，张口不离本行，过去打仗的时候经常搞大兵团作战，现代大兵团作战，各兵种联合作战一定能攻克大堡垒。科学攻关我们不妨也来一场大兵团作战，人多力量大，这样就完全有能力不断攀登世界科学高峰!”

大诗人郭沫若激动得难以自制，聂帅刚刚落座，他就站了起来。他扶了一下眼镜，用充满激情的话语说：“刚才聂帅发出了战前总动员令，我们为了胰岛素合成的最后成功做最后的努力。阳春四月，万物逢喜，今天更是喜事重重，先有生化所喜鹊登枝，后有北大小丫飞来捷报，再有复旦步青锣鼓报喜。这不是双喜临门，而是多喜临门……毛主席要我们破除迷信，走群众路线，搞协作，使我们突破千重万重的束缚，做出前人未有的成果，做出洋人不能做出的成果……

“祝贺大家的成功，不要自满。毛主席说过，谦虚使人进步，骄傲使人落后。总路线中的‘鼓足干劲，力争上游’，只有不自满的人才能做到。”

郭沫若说到这里，手臂一挥，语速一下子加快了，语气也更有节奏感和鼓动性：“我们要鼓足十倍、百倍、千倍、万倍的干劲，力争上游！我们要努力成为不断革命的革命家，为中国的科学事业做出更多更大的成就!”

会场一下子沸腾了。大家都站起来彼此握手，彼此拥抱。这上海的四月天好像一下子炽热起来。

本是生化所来报喜，可最后却火了北大，红了复旦，作为专业科研单位的生化所输了。王应睐、曹天钦、钮经义等科学家坐不住了，年轻的科研人员更是如坐针毡，有的人甚至悄悄溜走了。

汤佩松握着王应睐的手急急道：“应睐，你们可被远远抛在身后了，这样可不行！学生超过了老师呀！不要气馁，要抖擞精神，开足马力，尽快赶上去！”

王应睐笑笑，面露尴尬之色。

是啊！复旦大学的生化专业是生化所一手拉扯起来的，是名副其实的小字辈，生化所的王应睐、邹承鲁、曹天钦、钮经义、沈昭文等皆是特聘教授，常到那里传经送宝，没想到长江后浪推前浪，还没毕业的学生就超越了老师。

邹承鲁不甘示弱，他环视了一下四周道：“谁是最后的成功者还要看最终的结果。”

邹承鲁何出此言？原来杜雨苍和张友尚正在实验室里进行人工 A 链和 B 链的合成，一旦完成，人类首次合成胰岛素就算是成功了。

那该是多么大快人心的事！

当杜雨苍和张友尚全力以赴的时候，北京大学、复旦大学等单位的代表已经在中苏友好大厦举杯庆祝各自的胜利了。

另一边，刚参加完会议的聂荣臻元帅、诗人郭沫若，还有生化所的王应睐等科学家静静地等候着来自生化所的消息。此时此刻，生化所的所有科研人员都没有回家，他们站在院子里静静等候着，眼巴巴地盯着楼上实验室那盏明亮的灯。

报喜的锣鼓队也已经待命。

此时，新华社记者早已拟好了通稿，题目是《解开生命现象的神秘面纱 我国对人工合成蛋白质已建功勋》。

夜渐深，人们都等急了，可报喜的锣鼓声没有响起，聂帅抬腕看了眼手表，说："再等等。"郭沫若点点头，随口吟道："锣鼓声起是捷报。"

可是，众人最终也没有等来捷报。

屋顶会议

正当生化所的科研人员黯然神伤之时，曹天钦从复旦大学带回了一个更让大家心焦的消息，他们竟然再次合成了 A 链、B 链。而杜雨苍、张友尚等人却还在实验室苦苦奋战，听到这一消息，他们一时无语。

复旦大学越战越勇的消息传到北京，中科院党组书记、副院长张劲夫坐不住了。大诗人郭沫若也是眉头紧蹙，他对张劲夫说：

“不能偃旗息鼓，更不能铩羽而归，得给他们加加油了。”张劲夫点点头说：“搞科学就应该有一种不怕输的精神！何况他们只是比兄弟单位差了那么几步，再加把劲赶上去，终点上才能分出胜负来嘛！”

张劲夫也是一位从烽火硝烟中走出来的猛将。他1935年入党，1940年1月在担任中共皖东津浦路东省委书记的同时，还肩挑新四军第五支队政治部主任的重担。

“皖南事变”后，张劲夫又成为新四军第二师政治部副主任。时隔不到一年，他被擢升为新四军第二师第四旅政治委员，在淮南率部进行抗日游击战争。新中国成立后，他历任中共浙江省委常务委员兼浙江省人民政府财政经济委员会主任、华东军政委员会财政经济委员会副主任、国务院地方工业部副部长。张劲夫2015年去世，享年101岁。

1956年，张劲夫出任中国科学院党组书记、副院长，作为郭沫若院长的助手，主持中科院的日常工作。他上任伊始，恰逢党中央发出“向科学进军”的号召。新官上任三把火，张劲夫上任伊始就把人工合成胰岛素放在了举足轻重的地位。

他在党组会上说：“我们一定要把人工合成胰岛素搞出个名堂来，不成功决不收兵！”

张劲夫与郭沫若简单相商后，决定派中科院党组副书记、秘书长杜润生即刻赴上海力促攻关进度。杜润生 1913 年生，1947 年曾随刘邓大军挺进大别山，参加过多次战斗。改革开放后，他先后任中华人民共和国国家农业委员会副主任、中共中央农村政策研究室主任、国务院农村发展问题研究中心主任、中共中央顾问委员会委员、中央财经领导小组成员，兼任中国农学会名誉会长、中国农业经济学会理事长、中国合作经济学会会长、中国国土经济学研究会理事长、中国民生研究院高级顾问，是中国农村问题专家。杜老比张劲夫长一岁，2015 年去世，享年 102 岁。

杜润生不敢怠慢，当日就来到了上海。他不顾劳顿，上午就召开了生化所全体科研人员大会，杜润生说："我是带着张劲夫书记、郭院长的话来的，希望大家放下包袱，全力以赴，尽快拿出成果来！"

这次会上，杜润生讲了很多，也有批评，生化所上上下下都铆足了劲，认为不能再等，一定要分秒必争，后来居上，并决定全所一起参与科研活动。午后，生化所党支部进行了全所动员，要在二十天内完成人工全合成。会上群情激昂，当时就成立了指挥部，组织了一百零七人，成立了四个大队。东风厂负责氨基酸及其他原料的生产供应。晚上生化所就付诸行动，对全体参加人员进行了初步训练。

这天下午，杜秘书长和分院党委研究决定，组织有机所、药物所等力量一起来搞这项任务。当晚8点30分，王仲良同志召开了有杜润生秘书长，有机所边伯明副所长、汪猷副所长，药物所许浪旋副所长、高怡生副所长等人参加的第一次“司令部”会议，讨论“作战方案”。王副院长提出，胰岛素人工合成是个好题目，意义重大。生化所在这次学部会议上献了礼，但目前复旦大学已领先。这不仅是生化所的问题，还是整个科学院的问题。因此大家下决心组织大兵团作战，打破各所的圈子框框，共同来完成这项任务，要求抢时间，半个月内完成全合成……汪猷副所长说：“既然分院党委已经做出决定，我们立即上马，半个月的时间有点长，要在一个星期内完成。”

这次重要会议是在生化所主楼的屋顶上举行的，因为举足轻重，就有了重大事件的意味，后来生化所志上称这次会议为“屋顶会议”。

屋顶会议结束后，中科院上海分院很快就成立了601指挥部，上海分院党组书记、副院长王仲良担任总指挥，有机所党总支书记边伯明为副总指挥，王应睐、汪猷、曹天钦分别担任正、副参谋长。

部署妥当后，生化所、有机所、药物所很快行动起来，这以后，共有三百余人参加了人工胰岛素合成攻关。

原本，生化所、北京大学、复旦大学是合作单位，没承想半路上各自有了自己的“打算”，有了点“私心”，都暗暗在较着劲，都想一枝独秀。

王应睐、曹天钦他们对复旦大学的速度一直半信半疑，但两次报喜又言之凿凿，王应睐决定派人前去探个究竟。王芷涯自告奋勇，说：“我去吧。”王应睐点点头，说：“好。你带上张友尚、陈远聪，你把大局，他们把细节。搞科研可以竞赛，但不能互相拆台，我们都是为了国家，为了科学。”临行前王芷涯道：“人家虽是咱们的学生，可毕竟走到咱们前头去了，咱们要放下架子，掩起脸面，千万别高高在上，否则咱们将两手空空，一事无成。要是他们合成的路子对了，咱们就好好取经、学习！”

张友尚、陈远聪点点头。

王芷涯是个急性子，说行动抬脚就走。三人很快就来到了复旦大学。对方开始也很热情，连说几声“欢迎欢迎”，接着以茶相待，双方说了一会话，接待的人就找借口走了。

王芷涯对进来倒水的学生说：“要不我们到你们实验室看看？”

那学生只是笑笑，没有作答。

从中午坐到傍晚，再无一人前来。王芷涯道：“咱们别耗下去了，人家这是对咱们封锁消息呀！”

张友尚点点头，说：“我看也是，给咱们倒了几次水后，就把咱们晾起来了。”

陈远聪笑笑道：“这闭门羹可够噎人的。”

王芷涯道：“咱们就不坐这冷板凳了。”言毕，手一挥，说声“撤”。

1960年6月28日，上海市科委举办了一场“大协作动员会”，参会的有生化所、有机所、复旦大学生化专业、北京大学化学系。上海市科委的领导说：“这次大会是受国家科委委托举行的，是一次大协作动员会。今天把大家召集起来，就是希望大家不要搞山头，搞封锁，胰岛素不管几家搞，什么单位来搞，都是为了一个目标，那就是为国争光。今天大家坐到一起，要把各自的看家本领拿出来，不能藏着掖着，这样才能取长补短，才能加快速度完成这项伟大的目标。”

这位领导谈吐很幽默，说到这里，他话锋一转道：“大家都不要潜伏着了，到了暴露一下自己目标的时候了。”下面的人听了，都发出了会心的笑。

有了开头的铺垫，大家就彼此放松了，中科院上海生化所率先发言，把拆合过程和盘端出，复旦大学、北京大学见状也不能无动于衷了，他们竹筒倒豆子，各自把合成过程说了一遍，最后又干脆把实验报告发给了大家。

这次会上，复旦大学的人底气很足，他们兴奋地说："我们的结晶已经让小白鼠惊厥了，小白鼠跳得也很欢，这证明合成是成功的！"

邹承鲁笑笑，说："很欢？欢到什么程度？"

会后，邹承鲁等人马上钻进了实验室，说："我们就顺着复旦大学实验的路子做，看结果怎么样。"

张友尚道："以我的经验来看，他们的实验应该是错误的。"

邹承鲁道："实践出真知！"

杜雨苍、张友尚点点头，按图索骥，照着复旦大学的实验步骤一一做下去。几个人在实验室里忙碌了一夜，经过反复实验，最后发现复旦大学的结果是错误的。

当年的中科院生化研究所档案资料中有这样的记载："经过我们实验，最终结果发现复旦大学的两类测试方法都非常不规范，或者说根本就是错误的。"

在熊卫民的访谈录中，有邹承鲁的一段回忆：“他们说了，大概怎么做他们说了，主要的内容是每一步都不经过分离鉴定，就稀里糊涂一步步往下做，这样能不能拿到东西？再有一点，他们测活的方法可靠不可靠？我记得有一个关键是，他们最后的产物是用冰醋酸溶解直接注射到小白鼠的腹腔里，而胰岛素的要点是用水溶液注射。用冰醋酸溶液代替水溶液会出现什么现象？我们当天晚上连夜赶着做这个实验。发现单纯注射冰醋酸就可以得到一些与注射胰岛素类似的现象，那种现象不是胰岛素引起的，而是冰醋酸引起的。”

中科院上海分院数百人的攻关大兵团也是浩浩荡荡，如中科院院士戚正武回忆当年情景时所言：“用排山倒海之势形容毫不为过。大家白天黑夜连轴转，有的都一脸倦意、疲惫不堪了，还在那里硬撑着。有的赶也赶不走，跟领导玩起了‘捉迷藏’，最后不得不互相监督，强制休息。可是，领导也是如此。”

讲起那个年代的往事，汪克臻表情丰富起来，他说：“那时候上上下下一条心，不攻破难关不算完。王应睐、汪猷这些人，那个时候都是学部委员了，这学部委员就是现在的院士，我记得他们在实验室也经常是通宵达旦地干，别的不说，就看当年人们这种精神吧。”

在中科院自然科学史所中国近现代科学技术史资料中心收藏的关于人工合成胰岛素的访谈录中，有当年亲历者王芷涯的一段回忆：“大兵团作战，疲劳得要命，紧张啊，紧张！我们有一个工序是摇瓶，把东西加进去，不是用机器摇，而是用手摇。有个见习员，是个女的，姓叶，她就在三楼，把手伸出窗户摇。就这么摇呀摇，摇呀摇，实在疲劳了，就打瞌睡了，烧瓶一下子掉了下去，摔破了，液体就没有了。这个烧瓶里装的是一个八肽，所以大家就传：‘不得了了，八肽跳楼自杀了。’大家都惋惜得不得了，就批评这个小姑娘：‘你怎么能睡着呢？你怎么好打瞌睡呢？’我把这件事汇报给王仲良，王仲良说：‘这个可不能批评厉害了，我看这个小姑娘性格有些急，刺激大了不行。’他怕她跳楼自杀。当初是作为一则笑话在传，但这不是笑话，说明大家很疲劳，白天夜里，夜里白天，不断地工作。

“不管是白天夜里，反正什么时候需要我就什么时候去。我住得离单位很近，大家每天都是很晚才回去。我记得我的儿子当时大概 3 岁，他是 1956 年生的，患了肺炎，就住在小儿二科医院。我晚上 9 点多钟从所里出来，再去看他，看他一个人睡在那里。怕他跌下去，床边的栅栏都要竖起来。我爱人在《解放日报》，是坐夜班的，所以也没有时间去照看。那时候，都没工夫管他。哎，哎……”

多少年后，当王芷涯叙述这段往事的时候，我们无从知晓她当时的心情。王芷涯也已经作古，但从她当年的话语和语气上，还是能感觉出作为女性的王芷涯，心底深处的那种愧疚和流露出的浓浓母爱。

第五章　科学没有回头路

进京谏言

1960年底，全国经济遭遇“寒冬”，一些地方的百姓食不果腹，正在攻关的科学家一日三餐都得不到保证，夜半加餐几乎断了。王芷涯是负责后勤保障的，见大家碗里的粥越来越稀，一时急得团团转。她对王应睐说：“之前，国家为了保障咱们科研攻关，再困难也没让咱们饿肚子，晚上还要加夜餐，现在真供应不上了，听说毛主席都提出不吃肉了，咱们也不能去叫苦吧？现在大家都饿得头晕眼花，有的身体都浮肿了，连走路都一摇三晃的，这关咱们还怎么攻?!”

王应睐点点头，说：“我去化点缘，先解一解燃眉之急。”

中科院上海分院党组书记王仲良发话了："体力、脑力都消耗大，先暂时停下来，开一段时间的'神仙会'，大家可以发发牢骚，出出闷气，安定安定情绪，过过神仙日子，针对咱们的大兵团作战，搞一个大鸣大放，不扣帽子，不打棍子，不念紧箍咒，谁都可以说，说什么也都行。"

"神仙会"上，有的人果然发起了牢骚，各种声音就像泄洪似的一股脑儿地都出来了。有人说："啥合成蛋白质呀？我家老母鸡天天都生蛋，现成的蛋白质，还合成干什么？我看这是戴斗笠撑伞——多此一举。"还有的人道："为了一个小小的蛋白质，这是不是劳民伤财？干脆养他几窝鸡算了！"

大家都笑了。

有的人说："严肃点，别开这样的玩笑！"

王仲良也笑了："大家畅所欲言，说得都很好呀，谁家的鸡还下蛋了？"

大家听了又笑了。

这时有人又说："人工合成胰岛素根本就不可能。复旦报喜了，北大报喜了，咱们也到这程度了，到头来还不都是竹篮子打水一场空，猴子捞月白忙活，啥也没有？"

"是呀！白白浪费人力物力，我看咱们用掉的试剂都够装几个游泳池了。”

“愚公移山难，这合成一个蛋白质更难！”

王芷涯也开了腔：“咱们现在是一马也没当先，万马也没奔腾起来，我看不如老老实实下马算了。”

在开这次“神仙会”之前，有机所的人早就给汪猷提了意见，说：“合成蛋白质这事是生化所先挑起来的，让咱们跟着白费力气，应该敲锣打鼓地给他们送回去，让他们自己消化去。”

汪猷不同意，他说：“我当初觉得可行性不大，也不是很赞成，可现在我觉得有必要搞下去。遇上困难就鸣金收兵吗？如果世界上那些先辈科学家当年都和咱们一样，科学就没有发展，就没有现在的电灯、蒸汽机、原子弹什么的。科学精神是靠一代一代传下去的，如果咱们停手了，后人会怎么评价我们？他们会说，这是一群意志不坚定的人！”

有机所的人都知道汪猷脾气很倔，不想干的事多少条鞭子抽，他也不会往前挪一步的，想干的事就是八头牛也拉不回来。

见王芷涯提出下马，有机所有些人也跟着呼应。汪猷有些恼火，就瞪了一眼自己麾下的一班人马：“你们不要跟着瞎起哄！”

这时一位年轻的科研人员突然说道：“科学没有回头路！”

这句话声音不大，可犹如晴天响雷，会场遽然静了下来。

大家循声望去，是陈常庆。

在胰岛素合成之路上，陈常庆是个响当当的积极分子，出了名的闯将。当时生化所有几个能干的年轻人，号称“四大金刚”，有龚岳亭、陈常庆、葛麟俊、黄维德。陈常庆能干又会巧干。那时候，各行各业都是党员挂帅，生化所在攻关前专门成立了党小组，组长为曹天钦，组员为王芷涯、杜雨苍、张友尚、陈常庆，真是老中青三结合，犹如杨家军出征，前有威武少壮的杨宗保、穆桂英，后有经验丰富的佘太君。那时陈常庆二十有余，可谓是初生牛犊不怕虎，他斗胆说出的一句话，引起了大家的共鸣，接着引来了一片掌声。

王仲良重重地拍了一下桌子，说：“看看这个年轻人，说得多好！马克思说过：‘在科学上没有平坦的道路，只有不畏劳苦沿着陡峭山路攀登的人，才有希望达到光辉的顶点。’从攀登科学高峰的道路上退下来，那就是逃兵，就是失败者！”

王应睐一直没有说话，他听着，一一记在小本上。他在思考，搞科研“全民皆科”是不行的，行政代替科学更不行，没有科研经验甚至连茅庐都还没出的年轻人成了主角，而老科学家老科研人员却成了跟班、打杂的，外行指挥内行对科研更是有害无利。

王应睐环视了一眼四周，轻声自语道：“该改变这样的局面了。”

王应睐想进京谏言，但全国形势如此，自己出头会引来什么后果？俗话说，枪打出头鸟，出头的椽子先烂。王应睐有顾虑，可他最后还是决定一试。为了科学，为了有朝一日合成蛋白质，他豁出去了。

1960 年是英国皇家学会成立三百周年，中国科学院应邀派代表团赴英参会，王应睐为成员之一。这年 7 月的一天，王应睐从上海乘火车到北京与其他代表团成员会合。一路上，王应睐的思绪还是九曲十八弯，思想上一直在做着激烈的斗争，火车至北京，他还没有从这种情绪中走出来。但王应睐最终还是去了，在这个炎热的下午，他走进了中科院党组书记张劲夫的办公室。

张劲夫很看重眼前这位科学家，他用有力的大手握着王应睐的手说：“见到你很高兴，关于胰岛素，我很想听听你的意见。”

王应睐望着张劲夫黝黑的面孔说：“张书记，我是向您谏言来了，不知您喜欢不喜欢听，听了高兴不高兴。可无论如何，我觉得都应该说出来，要不我着急，也不安哪。”

张劲夫表情严肃起来，他点点头，高声道：“尽管说，我喜欢！”

王应睐张张口，欲言又止。

张劲夫哈哈一笑，说："不要有顾虑，放开讲!"

王应睐扳着指头说："张书记，您是老革命，可搞科研不是打仗，更不适合大兵团作战呀！一哄而上没有什么好处的。再就是很多专业不对口的人加入，可结果是于事无补呀!"

张劲夫点点头说："是啊，我知道，听说还封了你个参谋长呢。"言毕，他又自言自语道，"确实不应该把军事上的这一套放到科学家队伍里，风马牛不相及嘛。"

王应睐见自己的想法引起了张劲夫的共鸣，就放心了。他接着说："当务之急是精减人员，再就是一切行动都得符合科学规律，不能凭空指挥，要有的放矢!"

张劲夫道："是啊，我们是应该调整思路了。"

当王应睐出现在英国皇家学会庆祝典礼上的时候，张劲夫已经坐在了聂帅的办公室里了。

听了张劲夫的话，聂帅坐不住了，他站起身踱了几步，开口道："王应睐说得很好，很有道理，我赞成他的意见。目前，这种现象在全国普遍存在，对此，我要向总理汇报一下，该调整就调整，该降温就降温。"

张劲夫从聂帅办公室回来后，立刻召开了中科院党组会。会上，张劲夫不仅把王应睐进京谏言的事讲了，也把聂帅的意见传达了，最后他带头做了自我批评。

这以后，北京大学、中科院上海生化所在人工合成胰岛素科研攻关上做了必要的调整。生化所B链组成员为钮经义、龚岳亭、黄维德、陈常庆、汪克臻、胡世全、张申碚等人，钮经义还是挂帅为组长，他们继续进行人工B链的合成。

拆合组人员仍然是邹承鲁、杜雨苍，后又有蒋荣庆加入，他们还是马不停蹄地反复做天然胰岛素重合后的活力提升，为人工A链和人工B链合成做累积。

汪猷则率有机所徐杰诚、张伟君、陈玲玲等一班人马进行人工A链合成。每个组各司其职，也都各有进展，可步子都有点缓，效果不明显。一时间山重水复，大家都期待着柳暗花明。

聂帅说，我给你们打气来了

尽管这样，但大家还是有点踟蹰不前，还是有点打不起精神来。曹天钦说："这是伤了元气呀！"钮经义道："元气伤了马上补，但步子不能停下来。"

刚从英国回来的王应睐找大家谈话，给大家鼓劲。

陈常庆后来回忆说，1960 年，中央开始对大兵团突击胰岛素合成进行必要的调整，生化所将胰岛素 B 链合成的队伍缩减到十多个人。大家一时看不到希望，就慢慢消沉了下去，虽然上级领导一再鼓励大家坚持下去，反复强调这是个重大项目，可一些人反而把重大项目当成了沉重的包袱，有着很大的抵触情绪，觉得生化所把合成胰岛素的事吹到全国去了，甚至传到了国外，如今真是骑虎难下呀！这等于是在全国人民面前丢了脸，在中央领导面前丢了脸。有人说这就是一个烂摊子，不愿意再搞下去了！继续做下去，最终没有结果怎么办？那以后的日子就更难过了！有人给领导提意见，不要把这个任务当成什么重点了。有些来所里时间比较长的同志，怕自己继续卷在这项工作之中，出不了成果，将来势必一事无成。有了这样的压力，他们就想着逃之夭夭。还有的同志一开始就参加了，注定是溜不掉的，也愿意继续干下去，却很悲观，心情也很沉重，在这样的情形下，肯定是斗志松懈，劲头也不大了。

……

1960 年以后的一段时间，是胰岛素合成的低潮期，大家甚至都有些自卑的心理。有的同志认为多肽合成是有机化学，自己的有机化学基础差，不是搞多肽合成的材料。有的则认为自己根本就不是搞研究工作的料。那年轻的同志呢？认为比自己水平高的同志都觉得不行，以自己的水平就更难以应付了，所以就得过且过，不去好好钻研了。再就是大家觉得那些外国专家搞胰岛素合成都有十几年经验了，而且人家设备条件又比我们好，没法和他们比。这样比来比去，一些人就像泄了气的皮球，更没有士气了。

带兵打仗的聂帅知道这时候要鼓舞士气，第一场战斗败了不可怕，关键是打好下一场。他要出面给大家擂鼓打气，以壮声威。

1960 年 10 月的一天，聂帅来到了生化所，一下车，就直奔实验室。他问大家："现在有多少人攻关？"王应睐道："也就几十个人。"聂帅点点头："这样好，很精干。不能像以前那样了，搞科研不需要大队人马，需要的是精神和一支专业队伍。过去我也说过搞科学人多力量大之类的话，我也需要检讨！"

大家听了都笑了。有些人听聂帅这样说，心理负担一下子减轻了。聂帅接着问："这些年咱们用掉了多少钱？"王芷涯伸了一下指头："也就一百万吧。"聂帅笑笑说："我看不多。虽说咱们国家还不富裕，但为了科学还是要大气一些。"随后他语气一转，"你们不要有思想包袱，尽管做。在科学上，我们不能以成败论英雄，再大的责任，也不打你们的屁股。"

聂帅看了一眼张劲夫，说："对不对呀？"

一边的张劲夫笑道：“对，对！出了问题打我们的屁股。”

大家都笑了起来。

聂帅收住笑容，脸上严肃起来，他说：“胰岛素项目总理很重视，临行前他专门嘱咐我，让我问候大家，他说他等着你们的好消息。总理日理万机呀，可还是牵挂着这个项目，我们应该怎么办？全力以赴！今天搞不出来，还有明天、后天。我们这一代人搞不出来，还有下一代人。总之一句话，人工合成胰岛素我们一百年也要搞下去！我们一定要有这个志气！就在几个月前，中央批准了《关于自然科学研究机构当前工作的十四条意见》，虽然还是个草案，但已经行动起来了。同时我们还专门写了一个《关于自然科学工作中若干政策问题的请示报告》，这以后，科研环境会越来越好，也越来越稳定，大家放下思想负担，安心研究吧！”

聂帅生化所之行解开了大家的心结，打消了科学家们的顾虑。

八肽跳楼

生化所的老科研人说起胰岛素合成的时候，至今还时有人提及“八肽跳楼”的事，且津津乐道。

当年“八肽跳楼”后，生化所的人心疼得捶胸顿足。

什么是“八肽跳楼”？

是谁让八肽跳了楼？

一连串的问号在我脑海里挥之不去。

当年的亲历者或老矣，或已经作古，由于时过境迁，那些健在者中对“八肽跳楼”一事也很少有能够说出个子丑寅卯来的了。

我心生惋惜，但也心有不甘。

2016年3月的一个春日，一位当年的亲历者坐在了我的面前。他叫张魁榜，个子不高，胖胖的，戴着一副眼镜，一说话就带着一股笑意。

张魁榜到生化所纯属偶然。生化所成立之初，缺少职工，就从社会上招了一批年轻人。这些人大都是初中生、高中生，他们帮着做实验，干一些实验室的杂务。为了让他们成为有用之才，王应睐着手搞了个培训班，号召专家业余时间为他们补课。后来，这批人有的考进了大学，有的成为生化所的研究员。

张魁榜是江苏泰州人，出生在上海，少小跟着祖父母在乡下读书，初中毕业后才回到父母身边。那时他在派出所临时打杂，有一次一个民警对他说：“科学院招人，你快去吧，那是个稳定的工作。”后来张魁榜就成了生化所的一员，初时他跟着邹承鲁。

他说："我总是觉得，只有在那样的一个年代，那样的一群人，才能搞出人工合成胰岛素来。那种精神，不是现在说有就有的。"

他一边说，一边比画着，左手中指上那个金戒指在我面前晃来晃去，亮闪闪的。

他看了我一眼，接着说："我说这话你可能心下嘀咕，可事实就是这样。"

我急忙道："没有。你知道'八肽跳楼'这事吗？"

他一时怔住了，睁大眼睛看着我，脸上好像有些悲戚。他拿起杯子喝了口水，很久没有说话，可最后还是开口了。

他一字一顿地说："这个让'八肽跳楼'的人就是我爱人呀。"

我有些意外，很快又心下一喜，真是"踏破铁鞋无觅处，得来全不费工夫"。

张魁榜看了我一眼，道："意外吧？"说着又喝了一口水，接着就打开了话匣子。

1956 年 7 月的一天，一个年轻的女孩提着行李走进了中科院上海生化所。姑娘芳名叶箐，刚从北京市第十二中学毕业不久，就到中科院上海生化所当见习员来了。

叶箐是满族人，其外祖父的姨妈是叶赫那拉氏，也就是名动天下赫赫有名的慈禧太后的家族。叶箐身材高挑，皮肤白皙而富有弹性，一头茂密的头发透着微黄，长长的睫毛，眼睛水汪汪的。她的到来，犹如生化所飞来了一只金凤凰，一下子就把年轻人的目光吸引住了。

叶箐和张魁榜一样住集体宿舍，同很多年轻人一起学习，一起吃饭，一起上课。犹如地球围着太阳转一样，小伙子们也都围着叶箐转，有人还不时地向叶箐表达爱意。那时候，张魁榜和叶箐年龄相仿，都是十八九岁，张魁榜具有南方人的那种细心、周到、体贴，常给叶箐以无微不至的照顾，让这位远离家乡的女孩心底生出不少的温暖。久而久之，二人走近了，心也靠在了一起。有人和张魁榜开玩笑说："你的名字可真是名副其实，这下你不仅中了榜，还是头魁!"

年轻人性情活泼，每日在实验室里对着的都是三角瓶、试管、烧灯，或者是干燥管、灯泡瓶、小毛细管，低头是分液漏斗，抬头是烧杯，难免会有些单调、枯燥。可为了早一天合成蛋白质，他们都很有耐心，也很有定力。

当年常出现的一个情景是摇反应瓶。肽合成是双分子反应，先把两个反应物溶解在三角瓶或灯泡瓶中，为了使溶解物反应更充分、更彻底，需要不停地摇瓶，不停地晃。那个时候，没有机器摇，全都靠人工，每人手持一瓶，老科学家在摇，年轻人在摇，有的站着摇，有的坐着摇，有的蹲着摇，虽是姿势各异，动作不一，可都是为了一个目标。科研单调，没有轰轰烈烈，也没有一波三折，可为了胰岛素的合成，大家都想争口气，出把力。

那几日，叶箐身体有点虚，张魁榜让她请假休息，叶箐不答应。张魁榜三劝两说，叶箐就火了，她白了张魁榜一眼，道：“大家都这样拼，我怎么能坐得住?”

这天上午叶箐摇的是灯泡瓶，里面装的是刚刚合成的八肽。叶箐摇瓶的动作很好看，一摇三晃，婀娜多姿，那灯泡瓶成了她手中的道具，摇得有节奏，摇得韵味十足。随着摇动，灯泡瓶口冒出了一缕缕气体，这气体有毒，呛得叶箐涕泪横流，于是她就走到窗口把手伸出去摇。她摇得筋疲力尽，胳膊酸疼，一阵困意袭来，最后终于支持不住，眼皮就牢牢地粘在一起。

后来叶箐跟张魁榜说，那天她觉得自己软得像面条一样，老是有一张床在脑子里转，那床太有诱惑力了，她就爬呀爬呀，终于爬到了床上，最后就一下子什么都不知道了。

叶箐是睡过去了，手中的灯泡瓶掉到了楼下，她被惊醒了，看看摇瓶的手，空空的，叶箐哇的一声哭了，边哭边往楼下冲。

旁边有人喊："不得了了，八肽掉楼下了，八肽掉楼下了。"一些人也都急急往下跑。

大家一下子围了上去，不知谁在喊："快回收，快回收!"

葛麟俊跺着脚道："灯泡瓶都摔得四分五裂了，还回收啥?"

钮经义带着哭音喊："我的八肽呀，你怎么就跳楼了呢?!"

曹天钦眼巴巴地盯着八肽"殒命"的地方一动也不动，好像那只摔碎的烧瓶在瞬间复原了，八肽还完好无损地装在里面。

张魁榜火了，冲着叶箐道："你为啥打瞌睡？看你这瞌睡打的，八肽这一跳楼，多少人的心血都没有了!"

叶箐眼巴巴地看着脚下破碎的灯泡瓶，蹲在地上号啕大哭起来，哭得声嘶力竭。

这时一个年轻人压不住火了，大声嚷嚷道："你还哭，你怎么不跟着八肽一块跳下去?!"

叶箐哭声遽然停了，随后一下站起来，尖声尖气地喊道："是我对不起大家，对不起八肽，我跳，我也跳下去!"

说着扭身就向楼上跑去，大家慌了，几个人上来拉住了她。

"八肽跳楼"从此给叶箐心底留下了很大的阴影。这以后，很多人发现，叶箐灿烂的笑容不见了，那令人陶醉的曼妙舞姿也没有了。很长时间，她常在梦中突然醒来，连声哭喊着："对不起，对不起!”这种梦魇持续了数年，为此，她还患上了严重的神经衰弱，很久以后才慢慢好转。

张魁榜说，在老伴叶箐面前，他至今都不敢再提胰岛素合成的事。

2015年9月，生化所举办庆祝人工合成牛胰岛素五十周年活动，张魁榜瞒着老伴参加了。按说，叶箐也应该来的，但张魁榜担心会勾起老伴心底的伤痛。

临分别时，张魁榜反复嘱咐我，如果见到了他的老伴，千万别提胰岛素合成的事。

切记！切记！

一心一意搞出“中国的胰岛素”

1963年，中国国民经济开始复苏，各行各业也有了精气神，中科院决定策马扬鞭，继续未竟的科研事业。这年8月，中科院在青岛举行天然有机化学学术会议。也就是在这次大会上，北京大学、生化所发现彼此都没有放弃胰岛素这个项目，只是，北京大学半途转向合成羊胰岛素。

那天，北京大学的邢其毅教授和生化所的王应睐不禁会心地相视一笑。邢其毅道：“你们也没有停止啊，只是我们转向羊毛了。”

王应睐则幽默地说：“牛羊都一样，牛羊不分家呀！咱们该再次握手合作了。”

邢其毅点点头说：“过去咱们都各自单干，不如联起手来，拧成一股绳呀！今后咱们不搞上海的胰岛素，不搞北京的胰岛素，不搞这个单位的胰岛素，不搞那个单位的胰岛素，不搞你的胰岛素，也不搞我的胰岛素，咱们联合起来，一心一意搞中国的胰岛素。”

“好！好！好！”

他们握住对方的手，同声说：“对！就搞中国的胰岛素！”

自此以后，生化所和北京大学接触了几次，双方很快达成了合作意向。在一次科技会议上，聂帅问中科院院长郭沫若：“胰岛素的工作为什么不把几支人马合起来呢？这样拧成一股绳力量更大，也更容易成功！”聂荣臻元帅的话让生化所和北京大学的关系更加紧密起来。1963 年 8 月，生化所、有机所、北京大学再次大联合，为了形成合力，王应睐正式出任人工合成胰岛素协作组组长。三方各有任务：A 链的前九肽和后十二肽，由北京大学和有机所分头合成；B 链的全肽仍由生化所担纲，最后完成 A 链和 B 链的合成。各司其职，不能越界。

几个月后，汪猷赴京参加人大会议，邢其毅闻讯后特邀其来北京大学商谈。两位对科学孜孜追求的科学家为了胰岛素又坐到了一起。

当年指挥大兵团攻关的王孝庭已经落寞无声，邢其毅又从幕后走到了前台。

邢其毅对汪猷说："文件已经下来了，咱们两方负责合成胰岛素 A 链。现在已经不是大兵团作战那个时候了，目前咱们几方专攻胰岛素的科研人员也已经寥寥无几，能不能集中在一起搞呢？"

汪猷点点头道："这样当然更好，可集中在什么地方呢？"

邢其毅笑笑："当然是你们有机所了。"

汪猷怔了怔，道："你们来多少人？"

邢其毅道："我和化学系的文重，连同其他老师，一共七人。"说着他递上了一个名单。

汪猷有些为难了，他轻声道："你们过来当然很好，我们也很欢迎。可是，你们没有上海户口，也就没有肉票、粮票、肥皂票之类的东西，到时候生活可是很清苦的呀！"

邢其毅摆摆手说："这些困难算不了什么。没有肉票，我们大不了就不吃肉，为了科学，就当一回苦行僧嘛。至于肥皂，我发动大家从北京背过去。比比红军长征，这点算什么！没有克服不了的困难！”

汪猷感动了，他紧紧握着邢其毅的手说：“对！为了科学，为了中国的胰岛素！”

1963年寒冬，北京大学的邢其毅、文重、施溥涛、陆德培、季爱雪、叶蕴华、李崇熙登上了开往上海的火车。一路上，邢其毅等几位男性聊得很热烈，还不时发出一阵阵欢快的笑声。

另一边叶蕴华、季爱雪张口闭口都是各自的孩子。叶蕴华她们都是初为人母，都有一个一岁出头的孩子。车厢里的这两个女人说起自己的孩子，一个喜形于色，一个眉飞色舞，母爱像花一样盛开在了她们的脸上，可是说着说着，泪水就打湿了她们的睫毛。

叶蕴华的丈夫在湖北参加“四清”，夫妻俩天各一方，成了牛郎织女。为了能去上海参加胰岛素合成，她只得向远在南京的母亲告急。母亲还有工作，无法脱身，打来电话说：“送来吧，我左右也请不下假来，就从邻居家找个老太太，让她给看着，周末我再接回来。”叶蕴华听了有些不放心，可一时也没有其他良策，只得如此。

叶蕴华走的时候，把孩子抱上了火车，准备途经南京时就把孩子交给那个老太太。火车一路前行，南京越来越近，叶蕴华把怀里的孩子抱得更紧了，她不停地亲着孩子额头，一口一个“宝贝”地叫着、喊着，泪水一次次盈满了眼眶。

孩子被抱走了，叶蕴华的心也留在了南京。

中科院上海有机所的汪猷对他们的到来表示热烈欢迎。在全所大会上，汪猷说：“为了胰岛素，他们都抛家舍业来到了上海。女同志更不容易，她们为了胰岛素，不得不给幼小的孩子断了奶。”

一句话让叶蕴华、季爱雪红了眼圈。

汪猷顿了顿，接着说：“他们在上海没有肉票怎么办？咱们不能让他们肚子里一点油水也没有呀！大家匀出点肉来给他们吃，我先带个头！”

当年的情景，叶蕴华至今都记忆犹新。在熊卫民的一份访谈录中，我看到了叶蕴华的回忆：“那时候我们离开北京也是很困难的，李崇熙、季爱雪老师和我的孩子都只有一岁多点，都难以放下……那时候真是不容易，我家三口人，分别待在三个不同的地方：我在上海；丈夫在湖北；孩子才一岁多，我们没钱，请不起保姆，只好让他去了南京姥姥那儿。姥姥得工作，托另外一位老人给带着……

“季老师她们在上海还有亲戚，所以偶尔会出去一趟。我和李老师在那里举目无亲，都是一天到晚泡在实验室里。大家都相处得很好，没有人争名争利，更不争什么主角、配角，都甘愿给人打下手。举个例子，当年季老师负责合成一个四肽，我负责合成一个五肽，我们俩将合成的中间产物交给李老师合成九肽，李老师又把他所合成的九肽交给陆老师，供他合成二十一肽。大家常常给别人制备原料，都没想过什么名利问题。发表文章时，作者排名也是领导定的，大家没争过。”

北京大学教授汤卡罗说：“当时的科研攻关我觉得那真叫较劲，现在的人估计有这样感觉的不多了，恐怕也做不到了。那时候，我家是上海的，可我就住在所里，我妈后来还老说我：‘在家门口你也不回来一趟，你那工作就比妈重要？’我开玩笑说：‘大禹治水还三过家门而不入呢。’我们那时候几乎天天把自己关在实验室里，从早上天刚蒙蒙亮一直干到下半夜。季爱雪非常仔细，又有耐心，我们有时候多肽做出来是油状体，她就在有机溶液里磨来磨去的，像磨绣花针一样，最后就把固体磨出来了，我们给她起了个外号，叫‘小蘑菇’。”

多少年后，留在北京大学的李崇熙、季爱雪、叶蕴华、汤卡罗这些当年的青年教师都成为北京大学成就卓著的名教授。

用氨基酸一步步合成，到最后成为晶莹透彻的胰岛素结晶，那真是过五关斩六将，不仅要通过两百多步化学反应，而且每一步都有人严格把关检验，步步都有“铁面哨兵”，中间产物鉴定合格后才能进行下一步反应，缺一不可，没有合格证别想蒙混过关，更不能投机取巧。如果放在现今，元素分析轻而易举；当年分析元素，半是人工，半是仪器，要几天才能出结果，众人等得心急如焚，望眼欲穿。汪猷常让人带着元素分析单来插队，上面还手书一个大字“急”！汪猷的“急”不是一般的急，急得冒火，化验员就得马上给他“开后门”。这时就有人说，干脆等多步反应搞完后再进行分析，要不光分析这一关就得费不少时间和精力。

汪猷脸一板，说：“结果可能对了，那多步反应的过程错了怎么办？科研过程，宁可多一些加法，少一些减法，貌似是浪费时间，实际上是缩短过程。”“怎么办”是汪猷的口头禅。科研人员每天开始实验前，汪猷都像医生查病房一样每处转，他一是看，二是摸，三是问，那目光像苍鹰的眼神一样锐利，那手就像感应器一样敏感，那问题就像连珠炮一样不停。有人笑道："这老头，是追命来了。"

汪猷又道："急着分析，但不能急功近利！有人说我犟，干事业就得有点犟的精神！"

当年的亲历者徐杰诚对往事记忆犹新："为了鉴定每步缩合产物的纯度，每一个中间体都要通过分析、层析、电泳、旋光测定酶解及氨基酸组成分析。其中任何一项分析指标达不到，都要进一步提纯后再进行分析，力求全部通过。当时我们戏称'过五关斩六将'。汪猷是毫不留情面的，如果不行就推倒重来，就是费了九牛二虎之力也不行，也得从头开始。所以，只能小心再小心，唯恐哪里出现一丝差错。"

汪猷在科学上的严谨让年轻的叶蕴华心生敬佩，她离开生化所回北京时，特地带走了一张汪猷写有"急"字的元素分析申请单。

她一直珍藏至今。

生化所这边也是全力以赴。

钮经义领导的 B 链合成组又有了进展，他们已经合成了八肽和二十二肽，B 链由三十个氨基酸组成。如果能把八肽和二十二肽成功链接起来，B 链就完成了。

龚岳亭这一年 36 岁，虽是男儿身，可有一双织女一样灵巧的双手，钮经义就把合成 B 链的任务交给了他。

龚岳亭 1928 年出生于上海，从小学到大学，他都是在上海圣约翰念的。圣约翰大学创办于 1879 年，也称圣约翰、约大，最初为圣约翰书院，是当时中国第一所现代高等教会学府。从 1881 年开始，圣约翰完全用英语教学，是当时中国唯一用全英语授课的学校。学校从 1892 年开始设大学课程，1905 年升格为大学，1913 年学校开始招收研究生。到了 1949 年，学校开设有文、理、医、工、神五个学院和一所附属中学，学校占地数百亩，在校学生千余人。

圣约翰大学可谓声名显赫，是那个年代中国最出色的大学之一。不仅如此，它还是在中国开门办学时间最长的一所教会学校。清光绪十二年（1886），一位叫卜舫济的美国人来到圣约翰大学任职，后又出任该校的校长。卜舫济于 1883 年获哥伦比亚大学文学学士学位，学识渊博。他在中国主持圣约翰长达五十三年之久，为圣约翰大学的发展立下了汗马功劳，圣约翰大学为此也收获了“东方哈佛”“外交人才的养成所”等盛名，从这里走出了著名的外交家顾维钧，还有宋子文、颜福庆、严家淦、刘鸿生、林语堂、潘序伦、邹韬奋、荣毅仁、经叔平、贝聿铭、张爱玲、周有光等传奇人物。

后来成为中国著名生物化学家、中科院院士的龚岳亭，自然也为母校增色不少。龚岳亭3岁丧父，是慈母含辛茹苦把他抚养成人。少年就知苦滋味的龚岳亭，从小学到大学都是好学生。他的母亲虽不识字，可识大体明大理。她常对爱子说：“你一定要学好学问，有了学问，贼偷不掉，强盗抢不掉，你就可以为国家效劳。”母亲的话影响了龚岳亭的一生。

晚年的龚岳亭曾经说：“我的母亲是一个伟大的母亲。”

龚岳亭的母亲身体不是很好，晚年患上了直肠癌，常常疼得大声呻吟。为了人工合成胰岛素攻关，龚岳亭很少回家，偶尔回去一次，龚母担心影响儿子科研，就打起十分的精神，连说自己身体好着呢。

龚岳亭听后就放心了，给母亲按摩几下双腿，很快就回到了实验室。老人见儿子走了，又躺在床上大声呻吟起来。

龚母的去世让龚岳亭猝不及防。他后来对女儿说：“我还没有来得及好好孝顺一下你的奶奶，她就过世了，这是我一生最大的遗憾！”说完，泪流满面。

龚岳亭酷爱京剧，一招一式颇见功底，兴致来时张口就唱。他还织得一手好毛衣，也是妻女眼中的好厨师。他膝下二女龚维屏、龚维敏每每说起父亲来都赞不绝口。龚岳亭做饭也像他搞实验那样精细。他包馄饨，鸡蛋、肉、菜、水都是严格按比例的，烧菜更是讲究色香味俱全。

龚岳亭 1949 年冬季从圣约翰大学毕业后就被分到了刚刚组建不久的生化所，师从著名的生物化学家沈昭文。在科研中，他很快就表现出了过人的才华，在后来的胰岛素 B 链合成小组中被委以重任，担任副组长。

钮经义让龚岳亭负责八肽和二十二肽的链接后，龚岳亭、葛麟俊等人连续几日，费了九牛二虎之力也没能成功，不知下一步该如何动手。

于是大家静下心来梳理思路，寻找蛛丝马迹。氨基酸很“娇贵”，是个“大家闺秀”，实验之前，得先一步用保护基把氨基酸某一部分保护起来；实验开始之时，再用其他试剂脱掉“穿”在氨基酸身上的“保护衣”，接着再把“裸体”的氨基酸缩合连接起来。前边都能愉快合作，可到了 B 链末尾，氨基酸怎么就闹起情绪来了呢?

十年磨一剑，龚岳亭他们和氨基酸毕竟打了六年多交道，对这位“大家闺秀”的脾气秉性了如指掌，到了关键时刻怎么能冷若冰霜，翻脸不认人了呢?

在小组会上，龚岳亭说道：“天然B链是没有保护的，人工合成B链是不是也不需要?”

钮经义一拍脑门说：“对呀，把最后一个氨基酸的‘鞋子’脱了，让它‘赤脚’上阵。”

葛麟俊连声说：“对对，天然B链本来就是‘赤脚’的嘛!”

科学家钮经义的一声“赤脚”看似简单，可里面蕴含着多少科学元素呀!

“大家闺秀”赤了“脚”，问题果然迎刃而解了。

就这样，B链成功合成了，龚岳亭称了一下，说有六克多一些。

这六克粉状物，咱们平时用的小匙子就能装了，六年时光仅为此，这真是：粒粒皆辛苦，颗颗是乾坤。一百一十步化学反应，终于换来了人工合成B链。

龚岳亭落泪了。这些年，他唱了多少出“关云长败走麦城”。激动之下，钮经义、龚岳亭抱在了一起，接着又拥抱了汪克臻、陈常庆、张申碚、胡世全，大家都泪流满面，语不成句！

葛麟俊、黄维德两位年轻的姑娘手拉手，跳着、笑着。

风景这边独好。

有机所这边合成 A 链却碰了钉子。汪猷道：“有了咱们的十二肽和你们北京大学的九肽，再往下走怎么就被难住了呢？这 A 链合成难道比 B 链难？纯度为什么就这样低？”

李崇熙道：“咱们借鉴一下合成 B 链的经验，把十二肽推倒重来如何？”

施溥涛也赞成，说：“我看行！”

李崇熙点点头道：“B 链合成用了一百一十步反应，A 链是六十五步，与十二肽相关的也只有三十余步，可要推倒重来不是件容易的事，只能从零开始！”

汪猷头摇得像拨浪鼓：“不能从头再来了，下大力气再次提纯，每一步都要仔仔细细。世上无难事，只怕有心人。”

大家都知道汪猷的脾气，不撞得头破血流决不回头。

1964 年初，中科院得到消息，美国、德国科学家已经得到了具有胰岛素活力的产物。中科院立刻通报给上海生化所，所有人员都急了，B 链在翘首等待着与 A 链相会，可 A 链迟迟不见身影。

有人开玩笑说："人家牛郎、织女虽然一个天上，一个地上，可每年都能见上一面，这 B 链和 A 链相见咋就那么难呢？人家美国、德国 A 链、B 链都'结婚生孩子'了，咱们的这条链还打着光棍儿呢！"

大家议论纷纷，李崇熙坐不住了，急得直拍大腿。

李崇熙是河北人，方脸，浓眉，说话粗嗓门，性子也急。在大家的议论声中，他一个箭步登上了实验台，大声喊道："我们一定要赶，要是赶不上去，一切就白用功了！"

汪猷火了，指着李崇熙道："赶什么？你这是赶鸡呀？你也是三十多岁的人了，又是个知识分子，怎么站在台子上嚷嚷开了？成何体统？下来，下来！"

李崇熙脸红了，摸了一下自己的脑袋，"嘿嘿"两声，嘟哝道："我这一着急，没控制住，就上了实验台。"

李崇熙生于 1935 年，1956 年毕业于北京大学化学系，后留校任教，1961 年研究生毕业，曾任北京大学分校化学系主任，后成为著名的有机化学家，2010 年 1 月去世。

李崇熙急了，施溥涛恼了，汪猷还是无动于衷。这时候李崇熙他们就想到了组织，两人一前一后来找有机所党支部书记丁公量。李崇熙说："不调整合成的路子确实不行了，可汪猷所长坚决不肯，还朝我们吹胡子瞪眼的。"丁公量哈哈一笑，道："在科学面前，我是门外汉。没有调查研究，就没有发言权，我先去听听大伙的意见。"这时龚岳亭、葛麟俊来了，犹如天兵天将下凡。丁公量说："你们这可是传经送宝来了。"

龚岳亭说："丁书记，十二肽合成的路子要改变，我们一开始也碰上了这样的钉子。"

葛麟俊说："走不通了就应该回头，要不转来转去还是不行。"

丁公量道："咱们不怕打败仗，关键是如何吸取经验教训。"

丁公量决定召开"神仙会"，听听各路"神仙"怎么说。北京大学邢其毅、文重前几日就赶到了上海为 A 链"会诊"，"神仙会"上他们坚持从头再来，其他人也都纷纷响应。

汪猷沉默了，随后他站起来道："现在来看，是我太独断了。我同意这个方案。"

丁公量带头鼓起了掌。

汪猷与邢其毅耳语几句后，决定让有机所和北京大学各出一人负责。有机所派出了陈玲玲，北大派出了李崇熙。

陈玲玲 20 有余，正是花样年华。

汪猷沙场点将后就出国了。

陈玲玲、李崇熙等一班人重新扎台唱戏，合成A链要走六十五步的化学反应。这六十五步可不是咱常人走的步子，那可是九曲十八弯。在陈玲玲等人的一路护送下，“大家闺秀”氨基酸闯过了险滩，爬过了高山，足足走了两个月，才修成了正果。

等汪猷两个月后回国时，新的A链已经告捷，出粉状物一百毫克。

陈玲玲高兴地说：“这A链、B链加起来有一百七十五步的化学反应，真是步步艰难！”

李崇熙感慨道：“那孙猴子护送唐僧历经九九八十一难，咱们男男女女护送氨基酸走了六年，闯过了一百七十五难！”

这时有人开玩笑说：“氨基酸名花有主了，咱们的陈玲玲可错过了郎君。”

陈玲玲莞尔一笑说：“先把这‘大家闺秀’嫁出去再说！”

第六章　向世界报告

科学家的抠门

如前期一样，天然胰岛素重合后初见活力，科学家乘胜努力，最后活力提高了50%有余，用人工B链和天然A链相合，结果如此，再用人工A链与天然B链相合，活性相当。要是把人工A链、人工B链相合，能不能得到活性物质呢？

大家皆明白，这才是终极目标，所有的努力都是为了此，就像唐僧西天取经一样，少了一难，就拿不到天竺的经书。

所有人的目光都聚到了邹承鲁的拆合组。

这时，生化所王应睐派出了杜雨苍，有机所汪猷点了女将张伟君，北京大学是施溥涛。

三方商定，由杜雨苍升帐任大将。

数年后，杜雨苍回忆至此，不禁一笑，对采访他的记者说："什么大将呀，其实就是主要操作人，压力也最大，这压力比泰山还大。在胰岛素全合成冲刺阶段，指挥部指定我负责带一个小组攻关，主要是探索将人工合成的 A 链与 B 链总装配接合、合成产物的反复抽提、微量纯化及毛细管内结晶和鉴定等关键步骤，那时心理压力巨大。那就好比登山接力，前面三棒顺利交接，山峰就在我面前，我出现问题，整个过程就失去意义了。"

实验就定在 1965 年春日的一天。汪猷几乎是一夜未眠，天刚刚亮，他就赶到了单位。院子里已是春意盎然，一片鸟语花香。汪猷无意春色，径直进了办公室，在房间里来回走动，嘴里不时自语道："先给生化所多少毫克呢?"合成的人工 A 链太金贵了，汪猷一时下不了这个决心。那太上老君炼丹也只是用了七七四十九天，这人工 A 链、B 链大家用了六年之久；炼丹炉里的仙丹用的是三昧真火，人工 A 链、B 链用的是我们科学家的心血、汗水和精气神。汪猷的目光落到了桌子上的那一张申请单上，他终于下了决心，拿起笔在申请单上写下了"一百毫克"。

同汪猷一样，王应睐、曹天钦、钮经义、邹承鲁、王德宝也早早赶到了，所有的科研人员都聚集在了实验室门前，大家眼巴巴地盯着实验室的门，期待着那个伟大时刻的到来。

实验室里，杜雨苍、徐杰诚、施溥涛正紧张地工作着，从早上到下午，又到了傍晚，人工胰岛素合成了。这时施溥涛提来一只小白鼠，杜雨苍麻利地把合成物注射到小白鼠身上，随后把它放回笼子里。三个人目不转睛地盯着小白鼠，小白鼠在笼子里很悠闲，很轻松，一点要跳动的苗头都没有。

实验失败了。

杜雨苍他们测试了一下产物，活力仅仅10%多一点。他们知道，人工合成胰岛素成功的标志是结晶，要想得到结晶，产物的活力必须在80%左右，最低也得为70%。

讨论会上，王应睐提出重做，说完，目光落到了汪猷身上。重做就意味着有机所要继续提供人工A链，汪猷急了，挥着手说："这次失败，不是B链有问题，就是实验有问题。"

杜雨苍摇摇头道："B链合成已经很成熟了，天然A链和人工B链重组就很成功呀！问题肯定不在这上面。"

汪猷道："那就是接合出了差错。"

杜雨苍有些不高兴了，大着嗓门说："我这些年做了多少次接合，我可以肯定地说，问题不出在接合上。"

最后大家不欢而散。

到底哪里出了差错？杜雨苍寝食不安，脑海里总有一个挥之不去的大问号。徐杰诚说：“咱们试一试抽提结晶的方法。”杜雨苍点点头。汪猷不给A链，那就先进行模拟实验。几个月下来，杜雨苍他们累得筋疲力尽，苦不堪言。功夫不负有心人，杜雨苍创造了两次抽提、两次冻干微量法，合成抽提物的活性升到了50%，是原来的数倍。

杜雨苍走出实验室时，已是深夜，天地间寂静无声。他深深吸了口气，做了几下扩胸运动。他觉得自己有把握也有能力接受下一次挑战了，从在那个明媚的春日败走麦城到炎炎酷夏，又奋斗到初秋，真是柳暗花明。明天自己就去找有机所的汪猷。想到这里，他的步子一下子轻松起来。

今晚，这位年轻人可以踏实地睡个好觉了。

这天上午，汪猷听了杜雨苍的要求，一时没有说话。杜雨苍是急性子，他催促着，眼巴巴地等着汪猷的“金口玉言”。汪猷咳嗽几声，板起脸问：“真有把握了？”杜雨苍点点头：“我敢立下军令状！”又是一阵激烈的心理斗争，汪猷终于同意了：“我再拿出二十毫克给你。雨苍啊，你这是在割我的肉呀！”说完，汪猷心疼得直吸气。杜雨苍笑了，说：“汪所长，你可真抠门啊！”汪猷也笑了，说：“从自己身上割肉谁不疼？”

小白鼠跳起来了

同那个春日的实验一样，1965 年 9 月 3 日，全合成再次开始了。杜雨苍每放进一点试剂，就停下来耐心等待。他知道，1959 年那次天然重合物之所以成功，是因为用的是温和反应，一次次实验证明，缓慢氧化方法能出最佳效果。世界上那些专注于胰岛素的科学家为什么没有成功？他们采取的都是强烈反应的方法，结果那些生物分子还没反应就夭折了。

杜雨苍就像一个技艺高超的厨师一样，在拿捏着最佳火候。他这是春风化雨，润物无声，在不知不觉中，花开了，草青了，柳绿了。

傍晚时分，人工胰岛素合成了。杜雨苍把装有合成物的试管捧在手里，就像慈母托着刚出生的婴儿。他双脚缓步向前，几个人小心翼翼地簇拥着他，像众星捧月，又像百鸟朝凤。他们走到冰箱前，把试管放进了冰箱里，又一齐注视着。

冰箱上锁了，也把大家的期待一起锁到了里面。人工合成胰岛素将在冰箱里静卧十四天，在这十四天里，它在恒温下将会日臻完善。

1965年9月17日上午8时，生化所、有机所、北京大学的代表神态庄重地走进了实验室，最为关键的时刻到来了！走廊里是满满的人，连同实验室的人，好像都屏住了呼吸，整个生化大楼竟像沉睡了一般。

杜雨苍觉得自己的心在咚咚作响，好似随时要跳出来一样。他俯下身想打开冰箱，就这样一个简单的动作，他迟迟没有完成。旁边的人说："丑媳妇总得见公婆，快让它出来吧！"杜雨苍答应了一声，可声音都变了，他的腿有些发软，手也在抖。他深吸了口气，终于平静了许多，然后打开冰箱门，拿出了试管。试管是冰凉的，可杜雨苍觉得它是滚烫的，他小心翼翼地举到眼前查看——试管里的合成物已经变成了粉末状。杜雨苍的呼吸又一下子加快了，他轻轻转动着试管，逆光下，那些粉末状的物质闪闪发光。

杜雨苍抑制住满心的喜悦，立即从试管里取出少许粉末放到显微镜下观看，那是一粒粒的晶体，通体晶莹闪耀，光彩盈目，与天然胰岛素结晶形状无二。

杜雨苍这才走出实验室，走廊里的人都睁大眼睛等着杜雨苍张口，可杜雨苍双目含泪，嘴唇嚅动着一句话也没能说出来，所有人的心都一下子揪紧了。

王应睐道："无论什么结果，都要告诉大家。"

一句话好像提醒了杜雨苍，他挥动双臂，大声喊道："我们已经得到了结晶!"

大家一下子跳跃起来，很多人相拥落泪了。

王应睐挥挥手，示意大家停下来。他说："接下来是小白鼠惊厥测验，这是最为关键的环节，等测验成功后大家再鼓掌也不迟。"

大家听了王应睐的话遽然静了下来，是啊，若小白鼠没有跳起来就意味着失败了呀！大家的心一下子又揪了起来。

测验开始了。一些人跟着杜雨苍他们拥进了另一个实验室，这个时候，装有一百四十四只小白鼠的几个笼子已经一字摆开，按照预先方案，测验共三次，每次有四十八只小白鼠上阵，其中二十四只小白鼠注入天然胰岛素，余下注入人工合成胰岛素。

大家忙碌完毕，又把小白鼠一一放入玻璃箱中间。

大家等候着，心都提到了嗓子眼上，空气也仿佛一下子凝固了，每个人好像都能听到钟表秒针走动时的嗒嗒声。

二十分钟后，本来还悠闲自在的小白鼠都像受了电击一样同时抽搐了一下，接着纷纷跳了起来。

所有的人都在喊："跳了，跳了！"

老鼠跳了，所有的人也都跳了。

紧接着，进行第二次、第三次测验，从开始的大剂量到最后的微剂量，三次实验证明，天然物和合成物一样具有完整的生物活性。

最后科研人员又进行了层析、电泳、酶解图谱等测定，天然物与合成物的化学结构也完全相同。

杜雨苍大声喊道："成功了！成功了！"

这声音由实验室到走廊汇成一片，回响在整个大楼里。

走廊一头，一位年轻的女子从科研人员开始实验时就一直悄然立在那里，整整一个上午她都没有离开，从她那焦急的神情中可以看出，她周身的神经像弓弦一样绷紧了，直至听到那一句句"成功了"，她的神经松弛了，竟一下子跌坐在地上。她自语着："成功了！成功了！"一时泪流满面。

这位女性就是杜雨苍的妻子陈秀芳。同在一个大院工作，可她的心时常被这里的实验牵动着，在杜雨苍最有压力的时候，她羸弱的双肩上也似有千斤重担。

实验这天，陈秀芳也早早赶来了，找了个没人留意的地方悄悄立在那里等候着。

如今，她终于放松了，真是如释重负！

第七章 “剑桥三剑客”

大师的磁场

人工胰岛素的成功合成，让海外归来的王应睐、邹承鲁、曹天钦、钮经义、王德宝等科学家兴奋不已，感慨万千。十多年前，或者更长时间，他们这些身在海外的学子为了报效祖国，归心似箭，最后冲破重重阻力回到了祖国的怀抱。

十年磨一剑，人工胰岛素的合成，怎能不让他们扬眉吐气呢？

王应睐在实验室里坐了很久很久。对一个科学家来说，他觉得此时坐在这里是最幸福的事，尤其是在这个成功的夜晚。王应睐的夫人刘润苓一直站在自家窗前眺望，迟迟不见王应睐的身影，就差儿子前去探望。王应睐膝下两子，长子王家槲，次子王家楠。

这个时候，少年家榭、家楠进了生化所大楼。二人悄悄推开实验室的门，看见父亲坐在那里一动也不动，如雕塑一般。见状，他们悄悄回去复命。刘润苓没有说什么，此时她最理解丈夫的心情。

在中国科学院，很多人都知道中科院上海生化所的“三剑客”——王应睐、曹天钦、邹承鲁，三人都毕业于英国剑桥大学。王应睐、曹天钦、邹承鲁性格迥异：王性格温和，大度、包容；曹则果敢、耿直；邹承鲁天性张扬，说一不二。他们虽个性不同，但配合默契，相得益彰，且都学术造诣了得，王应睐是中国生物化学的主要奠基人，曹天钦与邹承鲁后来也皆成为赫赫有名的生化学家。

如果把人工胰岛素的合成看作一场攻坚战的话，那王应睐在战术上应该是起了至关重要的作用的，至今生化所的人都说王应睐就是个响当当的大元帅，曹天钦和邹承鲁则是王应睐的左膀右臂。

王应睐一日三餐极少吃蔬菜，医生很焦急，常劝他要荤素搭配得当，不能偏食。王应睐笑道：“是你懂还是我懂？我这一生就是这样过来的。”医生闻言很诧异，连说“奇迹，奇迹”。殊不知，王应睐一生常吃维生素片。

在这位科学家作古数年后，他的幼子王家楠第一次去了父亲的出生地——金门的民俗文化村。这个建于清光绪二十六年（1900）的传统闽南古村庄，是二进式双落建筑，依山面海，错落有致，井然有序，可谓集中国传统建筑艺术之大成。民俗文化村是当年侨领王国珍、王敬祥父子出资所建，耗时二十余年，建成后馈赠王氏族人居住。民国十八年（1929），此群落被命名为民俗文化村。据说蒋经国来此见之大悦，曾拨专款加以修缮。王国珍是王应睐的祖父，王应睐的父亲王敬苍乃是清朝四品御医。

王家楠在自家故居的墙壁上发现一张父亲头戴博士帽的照片，下端有一段关于父亲生平的文字介绍。从民俗文化村走出来的著名科学家王应睐，多少年后被故乡作为名人陈列出来了。

王家楠知道，父亲离开家乡读大学后就没有回去过。王应睐出生在一个华侨家庭，少小不幸，2 岁时父亲就病逝了。6 岁那年的春日，刚从学堂回来的应睐被三哥急急地叫到了母亲病床前。弥留之际的王母一时变得异常清醒，她拉着应睐的手，指着窗外在海上翱翔的海鸥说：“孩子，好好学习，将来你就像那天上的鸟儿一样，得自己去觅食了。”王母说完，紧紧地拉着儿子的手，眼里满是疼爱和不舍。

三哥连忙说：“快跪下给妈妈一表决心！”

王应睐一下子跪在床前，哭着说：“妈妈，您的话儿子谨记在心，我会成为有用之才的！”

王母笑了，那笑慢慢地在脸上凝固了。

多少年之后，王应睐在孩子面前说起这一幕时，还唏嘘不已。

王应睐兄弟四人，大哥、二哥均在外地，三哥王应希在厦门华侨银行工作，他是在兄嫂照料下成长起来的。王应睐从小聪颖好学，6 岁就读完了九年的课程，且学业出众，老师也对他十分赞赏。令人感叹的是，他 14 岁就金榜题名，考进了南京金陵大学化学系。在大学他亦表现不凡，曾以第一名的成绩获得过金钥匙奖，毕业后留校任教。

1933 年，王应睐来到了燕京大学化学研究生院从事研究，半年以后，他得了肺结核病，俗称“痨病”。肺结核在现在算不了什么，可在那个年代却是谈“痨”色变，《红楼梦》里的林黛玉就死于痨病。

王应睐患病后，在北京西山养病。那是一个秋日，几个同学结伴来看他。其中有一位女学生长得清秀可人，举止温柔大方。有同学介绍说：“这是刘润苓，山东烟台人，也在咱们燕京大学读书，钢琴弹得很好！”王应睐对着刘润苓点点头。

王应睐发现，在几个同学说笑的时候，刘润苓只是在一边静静地看着，偶尔也跟着笑一笑。大家离开的时候，刘润苓麻利地给王应睐倒了一杯水，还关心地说道："好好养身体，这个病可不能累着。"说完，温柔地看了他一眼。这目光，让从小失去母爱的王应睐心中一下子升起了一股浓浓的暖意，他从刘润苓那双美丽的眼睛里看到了她的柔情和体贴。

那一夜，王应睐失眠了。他此时还没有想到，正是自己的一场病，收获了甜蜜的爱情。这以后，刘润苓的老师得知自己的学生爱上了王应睐，急急跟她说："痨病可是个要命的病，你怎么还敢和他谈恋爱?"刘润苓急了，说："这算什么?!"

两位年轻人终结为伉俪。

抗战前夕，王应睐和刘润苓双双到了南京，并结婚安家。1937年末，随着日军的逼近，枪炮声越来越密集，也越来越响。为了避难，王应睐带着娇妻来到上海投奔堂哥。不久，王应睐听说中华教育文化基金会举办留英考试，他一下子动心了。尽管生物化学专业只有一个名额，但王应睐也决定一搏。最后，王应睐以出众的成绩拔得头筹，赢得了这个名额。

到英国剑桥留学是多少人的梦想，王应睐刚喜在心头，又愁上眉头：自己出国了，妻子怎么办？回老家烟台路途遥远，且又危险多多。

王应睐道：“干脆就近去厦门投奔我三哥吧。鼓浪屿有一所学堂，小时候我在那里念过书，我介绍你去那里当音乐老师。”

出国在即，王应睐马不停蹄地把刘润苓送到了三哥家中。那一日，王应睐在娇妻的一双泪眼的注视下离开了厦门，离开了中国。时隔不久，刘润苓就到厦门鼓浪屿中学教书了。刘润苓在燕京大学主修教育，选修音乐，弹得一手好钢琴。在随后的几年里，她把对丈夫的思念和牵挂都倾注在了钢琴键盘上。几年后，因局势动荡，刘润苓只得回到山东老家。

1938 年 10 月，英国剑桥大学迎来了三位“庚子赔款”留学生，他们是王应睐、沈诗章、鲁桂珍。

这一年，王应睐 31 岁，鲁桂珍 34 岁，沈诗章年龄不详。王应睐与鲁桂珍的生平之所以记录很多，是因为二人后来皆成为史上有声的人物，而沈诗章却没有只字片言。

在剑桥大学，这三位留学生遇到了一位后来在中国很有影响的传奇人物，此人中文名为李约瑟。

李约瑟后来这样断言：“来自中国的留学生鲁桂珍、王应睐、沈诗章对我的影响远远超过剑桥大学，尤其是鲁桂珍。”

客观地说，李约瑟在与王应睐、邹承鲁、曹天钦不断接触的过程中，坚定了他书写《中国科学技术史》的决心。

1964年9月3日，毛泽东接见了来华访问的李约瑟，毛泽东饶有兴趣地问他："你见多识广，我们将来是否大力发展汽车行业以替代脚踏车呢?"李约瑟一时不解这位伟人问话的含义，随口答道："主席先生，我在英国剑桥时骑自行车就足够了。"

在中国逗留期间，李约瑟听说上海生化所正在致力于胰岛素的合成，尤其在知道是王应睐、曹天钦、邹承鲁担当主角后，更是兴趣勃勃，他想去探个究竟。他听说曹天钦正被隔离审查，专门赶到上海生化所探望。可是出于复杂的原因，其他一些多年的老朋友并没有见到。他特地写了一封信给王应睐，信中说："你们正在干一件对整个人类都非常有意义的事，是世界科学家想干又一直没干成的。知道吗？你们正在铸造一把探究生命奥秘的钥匙。"回国后，李约瑟还想着他们，还有他们正在做的合成胰岛素事业。他特地给中国的朋友搜集了一些有关胰岛素的资料，可寄出去之后王应睐他们并没有收到。

正是因为李约瑟对中国科技的关注和重视，他对中国科学家人工合成胰岛素给予了很高的评价。他说："人工合成胰岛素，是整个人类科技发展的一项伟大收获，什么时候都不容忽视。"

李约瑟也由此称王应睐是一个划时代的科学大师。

是王应睐后来搭建的生化高地，才使我们有了伟大的收获。

王应睐在剑桥大学主攻维生素研究。他发现，闻名于世的剑桥大学实验室同样也缺少精密的仪器来测定维生素。后来，他创立了硫色素荧光测定法，以此可以测定食品以及尿等生物样品中的维生素 B_1 的含量。这以后，他又创立了电位滴定法，这种方法能准确测定在有颜色组织抽提液中维生素 C 的含量。正是因为这些超群的成绩，他免试获得了生物化学博士学位。

正当王应睐学成准备归国时，第二次世界大战的战火已是越烧越烈，回国的交通一度中断，王应睐只得既来之，则安之。这之后，他受聘进入剑桥大学研究所，在著名生化学家凯林麾下从事研究。王应睐很快在血红蛋白领域有了巨大的收获，后来，他的实验数据被众多的世界同行加以引述。

王应睐动手能力很强，那个时候，剑桥大学经费紧张，各实验室更是捉襟见肘。凯林教授常为“无米之炊”而忧，他无可奈何地抱怨：“实验室没有试剂，就像战场上的勇士没有子弹一样，这怎么能行？这真是个大玩笑!”

王应睐早就看在眼里，这一夜，他没有离开实验室。等凯林教授第二天到实验室时，发现自己的实验台上摆着一度稀缺的试剂。凯林很惊奇，晃着两条长胳膊道：“这真是不可思议，不可思议！难道是从天而降的吗?”

王应睐一笑，道：“天上从来就不会掉馅饼的，这都是我做的。”

这以后，王应睐为凯林研究室做了大量的试剂，让剑桥大学的其他实验室的人羡慕不已，纷纷派员向王应睐学习。

多年后，当中国科学家决定人工合成胰岛素的时候，王应睐首先就想到了试剂问题。他知道，一旦人工合成胰岛素正式上马，就需要大量的试剂和仪器。所以他马上着手成立了东风化学试剂厂，最终保障了氨基酸的大量供应。不久，他又组建了 320 工厂，下设玻璃工厂、仪器组、金工厂、水电组等，这些试剂和产品，除了满足研究所需要，还销往全国。

1945 年 8 月 15 日，日本宣布无条件投降，第二次世界大战随之结束。消息传来，已经在英国待了七年之久的王应睐泪流满面，泣不成声，他连夜告诉凯林要马上启程回国。凯林一听急了，在电话里连声道：“你这是个错误的决定，你这是一个错误的决定。”停顿了一下他又接着说，“以你的才能，再加上英国剑桥大学的优越条件，你将来会成为一名优秀科学家的。”

王应睐道：“我出来学习是为了更好地报效自己的国家。”

凯林大声道：“亲爱的，科学是无国界的。”

第二天一大早，凯林又急急登门挽留王应睐，他握着王应睐的手说：“我不希望一个有前途的生物化学家就此被埋没，这里就是你最好的舞台。”

王应睐说：“我想，只要努力，我在中国也同样会成为一个优秀的生物化学家的。”

凯林摊着双手，道：“王，我真的不想让你走，真的不想让你走!”

凯林一脸惋惜。

挽留王应睐的不仅仅有凯林，还有李约瑟、鲁桂珍。

鲁桂珍后来对王应睐说：“李约瑟听到你回国的消息时，很是吃惊，说你就是一个大大的傻瓜。”

20 世纪 70 年代后，李约瑟又和鲁桂珍说起王应睐时，他道：“用你们中国人的话说，是金子在哪里都会发光的，他的成功就是最好的证明!”

1945 年夏日，王应睐取道印度，乘船回到了中国，一路艰辛自不必说。王应睐回国不久，国民党中央大学医学院的教授郑集力邀他赴蜀任教。

郑集1900年出生，2010年去世，享年110岁。他不仅是中国著名生化学家，也是赫赫有名的教育家。

中央大学本来在南京，抗日战争时期为躲避战火迁至四川成都。

刘润苓1938年在厦门与王应睐分手后就没有见到丈夫，如今屈指算来，夫妻二人已经七年未曾见面。当听说丈夫在中央大学时，泪水一下子盈满了她的眼眶，思念之情让她一刻都坐不住了。在某一个早上，她从山东烟台匆匆踏上了艰难的寻夫之路。

那时节，到处兵荒马乱，刘润苓孤身一路下来，可谓艰辛有加，危险重重。有时身上没钱了，她就到附近的学校代课挣得一些盘缠。王应睐后来从书信中知道妻子已经从遥远的山东出发了，他的心也随之吊在了半空。都说蜀道难，难于上青天，一道道山路上曾经有多少汽车翻到了山底，很多人没有死于战火，却坠入万丈深渊。

1946年的初春，刘润苓终于步履蹒跚地走进了中央大学，王应睐听到消息急忙从实验室里跑出来迎接。他看到，立在自己面前的妻子与之前判若两人，破旧的衣衫，过去那头柔顺的乌发变得凌乱不堪，好像很久都没有洗了，憔悴的脸上灰扑扑的。看到丈夫，刘润苓长长嘘了一口气，有气无力地说：“我可看到你了!”说完就软软地倒在地上。

也就是这一年，已近不惑之年的王应睐有了第一个孩子。

2016年3月的一天，已经95岁高龄的丁光生先生还能清晰记得王应睐和刘润苓相会时的情景。那时候，丁光生还是中央大学医学院的一名在校学生。他说：“我第一次见到王老师的时候，他刚从英国回来不久，西装革履，那真是一表人才呀，也没有一点架子。我们给他准备了床，准备了被子。王老师是一个真正做学问的人，他来后为中央大学的生化专业做出了很大的贡献。王师母刚来的第一天晚上，我们还特地为他们举办了一个小小的烛光晚会，女同学都夸师母漂亮，确实很漂亮。记得有一次，王老师去上海了，王师母临盆，肚子疼得厉害，我们这些学生就急急把她送到了医院。”

1947年夏天，一个偶然的机会，王应睐结识了著名生理学家和神经生物学家冯德培先生。冯德培时任中央研究院医学研究所筹备处主任。冯、王二人同岁，皆属羊。这次相识，也为王应睐改变自己的人生轨迹埋下了伏笔。

冯德培与王应睐会面后，就赶到了上海。当时，中央研究院医学研究所筹备处已经由重庆迁至上海岳阳路320号，也就是现在的中科院上海生命科学研究所。国民党败退台湾时，冯德培为了留住麾下的研究员可谓是苦口婆心，可最后众多研究员如枝头鸟儿般飞去了台湾，留下的寥寥无几。冯德培气得直跳脚，气愤过后他自语道："仅有台子没人唱戏怎么行?"这时，他想起了王应睐，他觉得王应睐非等闲之辈，王应睐来了，这盘大棋就活了。

冯德培连续给王应睐去了三封信，可谓是"三顾茅庐"，且每封信上都画了一根鸡毛，以示十万火急。王应睐不敢耽搁，与妻子双双来到了上海。

冯德培是浙江临海人，个子不高，双目炯炯有神，身上多少透着一股子"傲气"。据说，他时常拄着文明棍在大院里悠闲踱步，嘴里也常出"大言"："我就是这院子里的'皇帝'，你们都得听我的。"冯德培虽有些张扬，可与王应睐配合默契，相得益彰。是什么让他们如此融洽？晚年冯德培一言道破："这都是由于王应睐的包容，没有他的大度量，我们得天天干仗。他这人识才，能笼络人才，又会用才。"这话能从冯德培嘴里说出，足见王应睐的为人之道和用人之道。

新中国成立后，在王应睐提议下，冯、王等人共同拉开了生理生化学研究的序幕。时年，冯任中科院生理生化研究所所长，王应睐为副所长，二人和研究所的另外一位属羊的科学家张香桐被后人尊称为“三羊开泰”。

是啊，他们确实是新中国生化事业的开拓者，“三羊开泰”名副其实。

今天，在上海岳阳路320号大门内右侧，还矗立着一尊冯德培先生的塑像，先生双目炯炯，好像在随时检阅着这座人才高地的科研成果。

王应睐刚到上海不久，就迎来了大上海解放。那时候，南下不久的解放军很多人舌头生疮，下身溃烂，医生都无计可施。陈毅元帅为此拍了桌子，说要想尽一切办法解决问题！

上海警备区特地邀请临床营养学专家侯祥川和王应睐前来问诊。王应睐问一个战士：“你们平常吃什么？”那战士舌头生疮了，说话有些含糊不清，旁边的人急忙道：“就吃大米、豆腐、白菜。”

王应睐点点头，沉吟片刻说：“这种症状是缺少维生素 B_2 所致。”侯祥川根据王应睐列出的各类食品中的维生素 B_2 含量，为解放军战士开出了三餐食谱，战士们的这种症状逐渐消失。

中国人民志愿军官兵入朝作战不久，就遇上了食品变质的问题。有一次战士们吃的炒面发霉了，彭德怀司令大发雷霆。当时负责后勤供应的是洪学智，彭德怀虎着脸把洪学智训了一顿，最后彭德怀拍着桌子吼道：“告诉高岗，要彻查，看看谁在志愿军的食品上作了假！查出来马上枪毙。”作为分管后勤供应的总管，洪学智知道，国内提供的志愿军食物主要是加工好的干粮，从生产到运到战场上，需要一段时间，干粮变质的现象随时都会发生。

抗美援朝开始后，东北是朝鲜战场的大后方，一批批战略物资大都是经此运输或从这里起运的。

高岗看到洪学智发来的有关食品变质的电报后，很久没有说出话来，官兵们在冰天雪地里浴血奋战，怎么能让他们吃变质的食物呢？他马上向总理汇报。总理听到这个消息后在电话里很久没有说话，末了，他对高岗说：“告诉学智，我们马上采取措施，保证志愿军战士吃上健康食品！”

总理当晚就把解决干粮变质这一任务交给了中科院。中科院院长郭沫若说：“让上海生化所的王应睐负责这个事，他是专家！”王应睐受命后，立即进行干粮脂肪防氧化研究。经过反复实验，王应睐提出了三条有效措施：一是控制干粮中的铜铁离子含量；二是食品油脂采用粗豆油，王应睐实验时发现，粗豆油中含有天然抗氧化剂；三是食品所用包装纸必须经过氧化处理。

自此，朝鲜战场上几乎没有再出现干粮变质问题，彭老总很是高兴，连声说好。洪学智幽默地道：“看来，过去食品变质并不是有人搞破坏呀!”彭德怀笑了，问洪学智：“用什么方法解决了这个老大难呢?”洪学智回答：“这是咱们科学家研究出来的，咱们对科学是外行，说不清。”

彭总点点头，说：“应该好好谢谢他们!”

1958年，冯德培改任上海生理研究所所长，王应睐则擢升为生化研究所所长。个子不高的王应睐站得高，看得远，他知道，研究所没有学科带头人不行，但当时国内的生化人才寥若晨星，屈指可数。那个不眠之夜，他想到了一位叫邹承鲁的年轻人，想到了1946年自己和邹承鲁促膝长谈的那个不眠之夜。

邹承鲁少小就饱尝了战乱之苦。8岁那年，也就是1931年，随父母住在沈阳。这一年的9月18日，日军几乎一夜之间就占领了整个沈阳。邹父带领全家一路急急向关内逃难。邹承鲁看到，日机不时向奔驰的火车扫射，趴在火车顶部的人被射中，纷纷掉了下去。

邹承鲁后来把9月18日看成了一个黑色难日，这个日子像烙印一样烙在了邹承鲁的心中。后来他对家人讲："在重庆读中学的时候，日机常来空袭，几乎每天都有警报响起。有一次一枚炸弹炸毁了租住的房子，幸好家人都不在里面，算是躲过了劫难。"

国家兴亡，匹夫有责。邹承鲁是一个有责任感的热血青年，在西南联合大学读书时，他常对同学说："国破山河碎，我辈岂能无动于衷?!"邹承鲁口才好，人越多他越是口若悬河。1944 年，日军发动大规模进攻，大军直逼昆明。邹承鲁再也按捺不住，他觉得自己此刻应该在战场上。在他的鼓动下，一大批联大同学弃笔从戎，奔赴抗日前线。日本宣布投降后，他退役重新回到联大，虽未完成学业，但学校鉴于他勇赴国难，根据西南联合大学的"优待志愿从军学生"的条例，写完一篇论文邹承鲁就获得了学士学位。

后来，他的名字还被镌刻在了国立西南联合大学纪念碑上。

西南联大有一位教授名为杨石先，在生物化学领域颇有建树。时年 49 岁的杨教授对邹承鲁影响很大，邹承鲁渐渐对生物化学产生了浓厚的兴趣。

杨石先很看重邹承鲁，他对邹说："生物化学在咱们国家起步较晚，是一门新兴的学科。你要想得以提高并有所建树，还是要到欧美国家进行深造，那里的生物化学已经根深叶茂。”一句话点醒了邹承鲁，他决定出国留学。

1946年，邹承鲁在第九届“庚子赔款”留英考试中脱颖而出。随着出国的日子渐近，他决定先到中央大学医学院拜访王应睐教授。邹之前虽没有见过王，但对王的大名早有耳闻。

在一个夜晚，邹承鲁向眼前这位比他大十六岁的教授请教了自己将来的研究方向。王应睐谈到了世界生物化学状况，也说起了中国生物化学的种种不足以及亟待发展的方向。随后，王应睐话锋一转，说：“英国剑桥大学是生物化学研究的佼佼者，各分支都有闻名世界的学术带头人，我建议你填报剑桥大学生物化学专业。”

听君一席话，胜读十年书，邹承鲁频频点头。稍后他又不无担心地说：“我不知自己是否能如愿。”

王应睐接着说道：“我还希望你选我以前的老师做导师，他是一个很有建树的生物化学家。”

不等邹承鲁说话，王应睐顺着自己的思路又说：“我给你写一封推荐信，你亲自交给他。他是个热心人，会关照你的。”

邹承鲁很兴奋，连声道：“太好了，太好了！”

王应睐不再多言，马上为邹承鲁提笔修书。

1947 年，24 岁的邹承鲁来到了英国。出乎意料的是，邹承鲁最后被分到了伯明翰大学化学系。邹承鲁有些失落，后来他对朋友说：“虽然我报的是生物化学，但英方认为我大学专修的是化学，故把我分到了伯明翰大学。”

其实，伯明翰大学也有它的独到之处，他的导师霍沃思教授在糖和维生素 C 的研究上成果斐然，曾因此获得 1937 年的诺贝尔化学奖。

邹承鲁开始并没有去拜访剑桥大学的凯林教授，他觉得仅凭王应睐的一纸书信，恐怕也很难实现自己去剑桥大学的梦想。几个月后，对生物化学情有独钟的邹承鲁再也坐不住了，他决定到剑桥大学拜访凯林教授，同时把王应睐的信面呈凯林，没想到此行竟然使他梦想成真了。

那天，60 岁的凯林教授热情欢迎了眼前这位英俊的中国留学生，特别是听到王应睐的名字时，这位和蔼可亲的教授眼睛竟然湿润了，他连声追问王应睐可好。当听到王应睐一切安好后，凯林满足地笑了。他自豪地道：“他是一个让我自豪的学生。”言毕，他又开心地笑了。教授对王应睐的喜爱之情溢于言表。邹承鲁从凯林的神情里知道了王应睐在他心中的分量，他有些后悔，应该早一点来拜访这位可爱的教授。

凯林看了王应睐的推荐信后，兴致很高，他张口问了邹承鲁几个问题，邹承鲁都能对答如流。凯林很高兴，说：“年轻人，你应该早点过来的。当然，这时候也不晚，你回去等通知吧。”

不出数日，邹承鲁就接到了剑桥大学的转学通知。

1950 年的深秋，邹承鲁陆续收到了两封来自国内的信。先是清华大学教授黄子卿邀请他来校教书。黄子卿 1900 年出生，毕业于美国麻省理工学院，是中国物理化学的奠基人之一。在信中，黄子卿言辞切切，字里行间都透着对人才的渴望。没几日，邹承鲁又接到了王应睐教授邀请他到中科院上海生理生化所的书信，求贤之情令人动容。邹承鲁左思右想，竟一时难以选择，这一夜他是抽着香烟度过的。黎明时分，他终于做出了决定：到上海生理生化所去！

也就是这一天，邹承鲁把自己的决定告诉了恩师凯林教授，凯林笑着说：“在我看来，王应睐是你最好的选择！”

邹承鲁点点头，他坚信自己的选择没有错。

邹承鲁是王应睐从海外请回来的第一位留学生。

1951年的深秋，邹承鲁走进上海生理生化所的大门。王应睐笑眯眯地迎了过来，紧紧握着邹承鲁的手说："接到你的信后，我就经常站在窗前看，看什么？是看你什么时候走进这个大门呀。今天终于等到你了！"

邹承鲁听了，一下子又想起了和王应睐先生长谈的那个夜晚，心里不禁一热。

邹承鲁一到这里，就马上投入到自己的科研中。可他也有些怅然——初来乍到，自己还没有一个助手。正当他为此焦虑不安的时候，一位叫伍钦荣的年轻人敲开了邹承鲁实验室的门，他对邹承鲁道："邹老师，从今天起我就给您当助手了。"

"给我当助手？"邹承鲁有些诧异，接着又道，"你是王老师的助手呀，怎么能到我这地方呢？王老师知道吗？"

伍钦荣面露不快，大声道："就是他让我来给您当助手的！"

邹承鲁连声说："这怎么行？这怎么行？"

邹承鲁知道，作为一名科学家，谁都不愿意把自己的得力助手拱手让给别人的。

王应睐当初把这一想法告诉伍钦荣的时候，伍钦荣非常吃惊，张大嘴巴很久都没有说出话来，他觉得这是不可能的事，可他又明明听到老师就是这样说的。当年伍钦荣从中山大学毕业来到上海生理生化所，就是仰慕王应睐大名才来的，师生二人很快就结下了深厚的感情。更重要的是，王应睐非常器重这个助手。伍钦荣聪明好学，一点就透，且能举一反三。

听了王应睐的话，伍钦荣急了，他说：“老师，我走了，您怎么办?”

王应睐道：“是呀，任何一位搞科研的人都不愿意这样做。可是你可知道，一个人在事业上成功不如众多的人在事业上成功呀。换句话说，你是希望咱们生化所多出几个有作为的科学家好，还是一枝独秀好呢?”

伍钦荣道：“当然希望多出人才。”

王应睐点点头道：“常言说，一花独放不是春，万紫千红才是春呀！目前，我们国家太缺少科技人才了，我的科研已经走上正轨了，邹先生刚刚来，孤掌难鸣，你去做他的助手可以让他早出成绩，早出成果呀！这样对中国科学，对我们的国家不是更好、更有利吗?”

伍钦荣点点头。

可他心里一时还是转不过弯来。

当然，让伍钦荣转不过弯来的还有一个原因，他有些看不惯邹承鲁的做派。从英国归来的邹承鲁身上透着一股英国式的夸张风度，还有那伴着大幅度手势的讲话，就好像台下坐着无数的听众似的，再就是他抽烟时那优雅的动作，在很多人看来像是刻意设计好了的一样。

听了伍钦荣的话，邹承鲁对王应睐不禁肃然起敬。但他觉得自己不能接受，他让伍钦荣马上回去，回到王应睐的身边。伍钦荣道："王老师做的决定他是不会收回去的，我知道他的脾气。"邹承鲁道："他是牛脾气，我也是牛脾气，我就跟他顶顶牛角试试。"

邹承鲁找到王应睐，请求他收回决定。王应睐说："为了整个生化事业的发展，我必须这样做，要不我请你到这里干什么？"

邹承鲁道："我可以慢慢培养自己的助手呀！"

王应睐道："时间不等人呀！你来之前，我们才七个人，今后我们还需要更多的人才，他们来了就要留得住，用得上。这个伍钦荣在大学里的成绩不是最好的，也比不上和他一起分来的同学，但此人脑子灵活，有新点子，有创意，且动手能力很强，这正是一个优秀科研人员必须具备的素质。让他协助你，我很放心！"

邹承鲁看王应睐的态度，知道自己再多言也无济于事了。

他深知王应睐对人才的渴望和重视，最后只得接受。

王应睐此言没错，经过一段时间的配合，邹承鲁感到了伍钦荣对自己的重要性。有时伍钦荣一个点子就能使自己备受启发，一句话就能使自己眼前一亮。这让他越来越觉得眼前这位年轻人不可小觑，同时他对王应睐也更多了一份敬意。

而伍钦荣对邹承鲁的敬意也是与日俱增，对他的一些偏见也在逐渐消失，他觉得邹承鲁身上不仅有一种独特的人格魅力，而且大脑里还装着深不见底的学问。

不久，邹承鲁就有了固定的科研小组。

20世纪60年代，邹承鲁和伍钦荣共同合作完成了一个科研项目，这时候的伍钦荣已经成长为一个年轻有为的科学家了，也有了自己的科研小组。正当他雄心勃勃准备大展宏图的时候，却迎来了那段人所皆知的动荡年月。伍钦荣的父亲在香港做小本生意，常和儿子有书信来往，后来形势渐紧，伍钦荣再也不敢与父亲通信。他的父亲也知道内地此时正风云变幻，担心儿子陷入囹圄，就派一伙计前来打探，没想到被几个人当场抓住，以与特务接头论处，伍钦荣自然也成了“特务”。这位年轻的科学家悲愤交加，放言说“士可杀，不可辱”，最后在一个凄凉的夜晚自杀身亡。

作为他先后的导师，王应睐和邹承鲁心如刀割，倍感惋惜。

邹承鲁在归国的前夕，同时接到了王应睐的两封书信，其中一封是让他转交给曹天钦的。王应睐在写给邹承鲁的信中，希望他能出面邀请曹天钦到中科院上海生化所工作。

曹天钦1946年赴英到剑桥大学留学，专攻肌肉蛋白质物理化学研究。短短五年间，他就取得了出色的科研成果。鉴于他的成绩，剑桥大学冈维尔与凯斯学院准备授予他院士称号。消息传出，剑桥上下一片哗然：朝鲜战争爆发后，中英关系滑到了冰点，院士称号岂能再授予中国人?！其他学院纷纷发言声讨。冈维尔与凯斯学院回应道，科学没有国界，在科学面前，人人平等。最终，冈维尔与凯斯学院顶住重重压力，把院士称号授给了曹天钦。曹天钦由此成为冈维尔与凯斯学院历史上第一个获得该荣誉的中国人。

曹天钦到了生化所后为副研究员，在筹备实验室时，他也像邹承鲁一样没有助手，也是在这个时候，王应睐再次雪中送炭，他又把自己后来的助手彭加木让给了曹天钦。曹天钦急了，他让彭加木回到王应睐的身边，没想到第二天早上彭加木又来找他报到了。

曹天钦找到王应睐表明自己的态度，可性格慢悠悠的王应睐柔中有刚，也很坚决，他说：“邹先生刚来的时候也是这样的，我可不能厚此薄彼呀！”曹天钦说服不了王应睐，又找到邹承鲁求助。邹承鲁道：“你只能同意。”

彭加木1925年出生，1947年从中央大学毕业后，到北京大学农学院任教。他在中央大学上学期间就对王应睐敬佩有加，这以后，他义无反顾地来到了中科院上海生理生化所，很快成为王应睐的得力助手。

王应睐和曹天钦都非常看重他，后来王应睐推荐他到国外学习。恰好这时候，也就是1956年初，中科院准备成立一个新疆资源调查考察组，彭加木决定放弃出国，报名参加科考队。为了能顺利通过，他还给时任中科院院长的郭沫若写了一封请求信。在信中，他这样写道：“我志愿到边疆去，这是我多年夙愿。我具有从荒野中踏出一条道路的勇气。”

彭加木的这封信字里行间都充满了一股豪气和决绝。这一下子打动了诗人郭沫若，郭沫若毫不犹豫地同意了彭加木的请求。就这样，在王应睐惋惜的目光中，彭加木踏上了一条荒原之路。一年后，彭加木患上了一种恶性肿瘤，到上海寻医问药。尽管此时彭加木已经不是生理生化所的人了，可王应睐听到这个消息后，为他四处联系医院，寻找最好的医生为他治疗。彭加木治疗一段时间后，病情刚好转，就提出重返新疆。临走时他给王应睐深深鞠了三躬，说道："能成为您的学生，是我一生中的幸运！"言毕，洒泪而别。

彭加木后任中科院新疆分院副院长，在植物病毒研究中颇有建树。他曾数次深入全国各地和新疆腹地考察，足迹遍及十多个省区。1980 年 6 月 17 日，彭加木在新疆罗布泊考察探险时失踪。罗布泊位于新疆维吾尔自治区东南部，被誉为"地球之耳"，也被人们称为"死亡之海"。彭加木和他的考察队最终揭开了罗布泊的神秘面纱，但彭加木却永远留在了这片"死亡之海"中。彭加木失踪后，官方和民间人士曾数次组织寻找，但最终无果，为世人留下了一个难解的谜团。后来，上海市人民政府还特别授予彭加木"革命烈士"的光荣称号。

王应睐对人才的关心可谓是细致入微，其中有一桩逸事流传至今。生理生化所有一名研究员，名叫刘望夷，30 有余才成家立业。据说有一次王应睐在走廊里遇上了刘望夷，那时候刘望夷大婚不久，笑容常挂在脸上，常哼一些欢快的小曲儿。

王应睐与他在走廊里说了一会儿话，刘望夷就迈着轻松的步子进了实验室。看着他的背影，王应睐高兴地自语道：“真是洞房花烛夜，金榜题名时呀，这精神头都变了。”

王应睐笑了笑，连声说了几个“好”。要知道，他不知为刘望夷的婚事操了多少心。当初，刘望夷在寻找伴侣上高不成低不就，也急坏了王应睐，他就发动夫人，发动周围的人给刘望夷牵线搭桥。

那天，恰巧研究员龚岳亭从楼梯口走来，王应睐向他招招手，龚岳亭急忙上前，问：“王老师，您有什么吩咐?”王应睐悄声说：“你告诉一下刘望夷，让他以后少吃点大蒜，要不新娘子受不了的。刚才和他说话，那蒜味直冲我鼻子。”

龚岳亭开始见王应睐神情郑重，还以为是什么大事，也一脸严肃地听，没承想是这事，就一下子笑出了声。王应睐也笑了，随后又郑重起来，说：“上午就和他说说，千万别忘记了，人家新娘子是不好意思开口的，千万别因为这些生活小节影响人家的心情。”

龚岳亭收住笑容，用力点点头说：“我马上跟他说。”

王应睐差人“劝蒜”之事，一度成为佳话。

为了引进更多的人才，王应睐后来又从国外请回了维生素女专家张友端，也就是文中说到的张友尚的姐姐，再后来又从美国请到了蛋白质科学家钮经义和核苷酸代谢专家王德宝，当年远在比利时学习的周光宇也接到了王应睐热情洋溢的邀请信。

王应睐的学生、中科院女院士王恩多后来这样评价自己的老师："那个时候，在王应睐先生的努力下，一批思想敏锐、年轻有为、朝气蓬勃、崭露头角的科学家组成了一支门类齐全并互为补充的队伍。他这个人磁场力很大，也很强，非常善于发挥调动各位专家的才干和积极性，还能使全所上下都能心情舒畅地工作，形成一个民主、和谐的研究集体，有相对稳定的研究方向，有探讨问题的活跃的学术气氛，有操作严格、秩序井然的实验环境，这样就大大促进了我们科研成果和人才的涌现!"

那时候，这些年轻的科学家正是书生意气的时候，多是锋芒毕露，少年张狂。在这些人中，邹承鲁言谈举止尤甚，李四光曾这样说过自己的乘龙快婿："太年轻气盛，对看不惯的人和事批评起来不留情面，会得罪不少人的。"

李四光是一位负有盛名的科学家，又是邹承鲁的岳丈，在别人看来，邹承鲁在他面前理应恭恭敬敬，可邹承鲁在李四光面前也时常有话直说，让李四光一时下不了台，可见邹承鲁的个性之强。

作为所长的王应睐靠什么把他们拢在了一起？酷爱音乐的张友尚有个形象的比喻，他说，一个乐队有打击乐器、长号、大号、圆号、小号、大管、短笛、长笛、单簧管、双簧管、竖琴、小提琴、中提琴、大提琴，可谓是五花八门。如果台上没有一个好的指挥，就演奏不出和谐的旋律。王应睐就是一个高超的“乐队指挥家”。

在那个特殊的年代，邹承鲁见王应睐靠边站了，自己的学生伍钦荣也不幸离去，不禁心灰意冷。这时他想到了北京温暖的家，还有他日夜思念的妻女，最终邹承鲁决定离开上海，离开已经工作了近二十年的研究所。

那天，邹承鲁和王应睐告别，王应睐心有不舍，可又无力挽留。两人握着手，四目相对，彼此久久没能说出一句话来。秋风里，邹承鲁只是道了一句“保重”，王应睐点点头，也说了声“保重”。

望着邹承鲁远去的背影，王应睐捶胸顿足，仰天长啸：“生理生化所从今以后再无邹承鲁，再无邹承鲁呀！要是过去，我王应睐岂能放你走！”言毕，泪流满面。

远在北京的邹承鲁后来闻听此言，掩面而泣，嘴里大声道：

"王老，我对不起您，我邹承鲁对不起您呀！"

当时中科院上海分院的人戏称王应睐、曹天钦、邹承鲁为"剑桥三剑客"，也有说曹天钦、邹承鲁连同钮经义、王德宝为王应睐的"四大金刚"的。王应睐是邹承鲁一生最敬重的人，邹在王应睐面前也恭敬有加。

其实，邹承鲁对王应睐的尊敬和钦佩都是油然而生的。他深知自己收获的每一枚硕果都与当年王应睐鼎力相助有关，而且王应睐先生对中国生物化学也有卓越贡献。邹承鲁晚年曾言："先生不仅给了我有力的帮助和支持，同时，中国生物化学能有今天的水平和规模，王应睐先生功居首位。"

此言出自邹承鲁之口，可见王应睐的为人和他的功绩。

王应睐晚年有一个八字心得，为"献身、求实、团结、奋进"，这是大师半个多世纪以来治学治所的智慧结晶。1991年，当生化所的新任所长林其谁请王老给研究所题词时，王应睐不假思索写下了这八字箴言。

善用人者，天下治。为了让人才安心做科研，王应睐将很多精力都用在解决科研人员的夫妻分居问题上。

那时候有一个不成文的规定，夫妻不能一起出国，比如外交部，夫妻同是外交官也不能派往同一个国家。王应睐对此很不以为然，他说：“不让人家年轻夫妻一起，你可以，我可以，万一还有不可以的呢？这是人的正常生理需要，谁也不能剥夺。”

后来王应睐想找人呼吁一下，破除这陈规陋习，他和全国人大的一位叫高锴的人说了，高锴马上写了一份《王应睐同志对派遣出国留学人员的意见》转给了中科院。时任中科院院长的方毅看了批示道：“要研究。”据说，这个材料后来解决了夫妻一同出国的问题。很多人说王应睐管闲事，王应睐说：“这能是闲事吗？这样的闲事我不管不行！”

新中国成立前，大学里难觅生物化学专业，到了新中国初期，生理生化所青年学子也都是来自各大学的化学系。王应睐觉得，搞生化研究，没有生物知识不行，他就陆续举办了几个大型训练班，每次参加者皆有数百人，李约瑟听说后，大为赞叹。作为一个科学家，时间是很宝贵的，他却乐此不疲。夫人刘润苓不赞成王应睐“当官”，为了让王应睐出成果，她放弃了自己的事业，成了全家名副其实的“保姆”，王应睐是油瓶倒了也不知道扶的人物。刘润苓尤喜钢琴，自从王应睐当了所长后，家中的钢琴就再没有响起过，刘润苓那双曾引以为豪的纤纤玉手也变得越来越粗糙。有时候她晃动着骨节变粗的双手道：“你的事业在科研上，而不是在繁杂的事务上，要不怎么对得起我这双惨不忍睹的手?!”

刘润苓晚年患有老年痴呆症，大小便失禁，卧室里常有一股异味，儿子王家楠让父亲搬到别的卧室，王应睐一口拒绝。他说：“到了我该好好伺候她的时候了。”

王应睐对人才一沐三握发，一饭三吐哺；对所里普通职工亦是嘘寒问暖，见谁家有困难，常以钱物相赠。那些曾经批斗过王应睐的人，与王相遇后都面露羞愧，王应睐还是热情相迎，好像什么事都没发生过一样。有人当面张不开口，就把道歉信塞进他的口袋里，王应睐都是弃之一边，从不展看。这些人每有困难时，王应睐都如同以往一样出手相助。

王应睐为人可见一斑，可他对自己的孩子很粗心。王应睐的儿子王家槲、王家楠曾一度觉得父亲因为小时候没有父爱、母爱，所以自然也不知道疼爱自己的孩子。20 世纪 50 年代末 60 年代初，知识青年到农村去，王家槲去了崇明，王家楠则到了昆明。王家楠在农村广阔的天地劳动几年后，被昆明铁路局招工，随后数年，他修过铁路，打过山洞。王家楠在云南十余年，王应睐只给他写过三封信，内容都是如出一辙，寥寥数语，皆是些在农村要安心劳动，好好工作之类的话。有次王家楠计算了一下这三封信的长短，加起来也不足五百字。王家楠后来和父亲开玩笑：“您的那几封信可真是‘家书抵万金’呀!”

王应睐道:“亲情怎么能以信的长短来衡量呢?”

科学家通常都是惜字如金的。

20世纪80年代初,王应睐患病住院,王家楠回来照顾父亲。当时上海市委书记韩哲一来医院看望王应睐,才知王家楠还远在云南。就道:“如果我不来这里,可能永远都不会知道您的儿子还远在云南,您早就该向组织上开口把他调回来了,这样也便于照顾您。”王应睐笑笑说:“孩子在外地的家庭很多,如果都调回来,工作谁来干?”

王家楠记得,父亲从来就没有因为家事向组织上开过口。最终,王家楠在组织关心下,回到了阔别十多年的大上海。王应睐曾把很多科研人员包括他们的后代送到国外学习,可从没有想过把自己的两个儿子也送出去。王家楠的妻子张红霞当年是王应睐特别护理组的护士,王家楠就是在照顾父亲的时候与张红霞相识牵手的。张红霞后来想出国,王应睐也是三缄其口。张红霞在王家楠面前难免有些抱怨:“当年生化所缺少护士,你爸爸张张口我就进来了,但为了避嫌他坚决不肯。我打算出国,可他还是不点头。”

王应睐去世后,生化所的所长李伯良曾告诉王家兄弟,王老师在世时曾约法三章：一是不得安排你们及其他亲人到生化所工作，二是不得安排出国，三是不得以其他名目给予帮助。

20 世纪 90 年代末，王应睐获得了“何梁何利科学与技术成就奖”，奖金一百万港币。该奖是由何善衡、梁銶琚、何添、利国伟四位有理想、有责任感的企业家共同捐资设立的，旨在重奖那些为中国科技发展做出巨大贡献的科学家。1994 年的首届获奖者有王淦昌、黄汲清、钱学森和被誉为“中国光学之父”的王大珩。

这一百万港币，让从来就对钱没有概念的王应睐有了“心事”。

这一天，他把所长李伯良叫到了自己的办公室。李伯良是一个复员战士，后考入北京大学生物系，凭着苦干和钻研精神，逐渐成为一名有成就的科学家。在王应睐面前，他是后辈，也是王应睐的学生。

这天，李伯良觉得一向神态坦然的老师好像有些不自然，一副心事重重、欲言又止的样子。

李伯良觉得奇怪，开口道：“老师，您有心事？”

就像幼儿园的孩子被老师看破了心事一样，王应睐脸一下子红了。

李伯良如堕五里雾中，有点摸不着头脑。

王应睐张了张嘴终于说道：“伯良，这一百万奖金你觉得应该怎么处理呢？”

李伯良笑了，说：“这是您的奖金，您有权做任何处理呀！”

王应睐点点头，一脸窘态，沉默了一会儿他才开口道：“我这一辈子最割舍不下的就是咱们的生化所，可我也对不起我那两个儿子，我从来没给予他们什么，也没有对他们进行过任何帮助，作为父亲，我有些不称职呀！”

说到这里，王应睐的眼圈红了，声音也有些哽咽。片刻后，他接着说：“我想多多少少拿出一点钱来给他们。”

说到这里他有些不好意思地问李伯良：“你觉得我给儿子多少钱比较合适？”

李伯良一下子笑了：“看把您为难的，原来是这事呀，完全应该的，您就是不说我也有这个想法。本来我还考虑着该怎么向您开口呢。他们这些年都是靠自己一点点努力的，您确实对他们关心太少了，我是一直看在眼里的。”

王应睐听罢，如释重负。

李伯良说：“我想，给他们一部分，其余的您就自己留着吧。”

王应睐摆摆手道：“不，其余的我想用来设一个基金，专门奖给那些品学兼优的研究生。”

后来，生化所专门成立了一个“王应睐基金会”，如今，一些获奖者已经成为学术带头人。

1965 年，在继人工合成胰岛素成功之后，王应睐等人又提出了另外一个伟大的设想——人工合成核糖核酸。其项目难度高于人工合成胰岛素。王应睐发动了京沪地区多个单位协作，在随后的大协作会上，大家一致推举王应睐出任协作组组长。1981 年 11 月 20 日，中国科学家首次成功合成了酵母丙氨酸转移核糖核酸，合成物与天然物无论分子结构还是活力完全一致。犹如十六年前合成胰岛素一样，中国科学家再次吸引了世界的目光。

可是，这两项曾经赢得世界声誉的成果论文中，都没有王应睐的名字。多年后，王家楠在整理父亲遗物时发现，两项成果论文的标题下方，原本都有父亲的名字，可父亲把自己的名字画掉了。

这一刻，王家楠真正认识了父亲。

1982 年 2 月，在美国佛罗里达州迈阿密生物技术讨论会上，鉴于王应睐领导中国科学家成功取得合成生物高分子这一人类的伟大成就，特授予他“特殊成就奖”。迈阿密大学生物化学系主任、会议主席韦伦把专门精心制作的一块奖盾颁给了王应睐，奖盾上镌刻着这样的文字：“王应睐从1958年至1984年任中国科学院上海生物化学研究所所长。在此期间他曾作为协作组组长完成两项杰出的、具有开创性的成果：一是1965年人工全合成结晶牛胰岛素；另一项是1981年人工合成酵母丙氨酸转移核糖核酸。”

2000年，继王应睐获得“何梁何利科学与技术成就奖”之后，中科院上海生化所的著名神经生理学家张香桐又获得此誉。三年后，也就是2003年，著名生化学家邹承鲁也登上了“何梁何利科学与技术成就奖”的颁奖台。

邹承鲁出生于山东青岛，鲁为山东别称，父亲为他起名时，就采用了个“鲁”字。邹承鲁少时先是在北平、汉口读完了小学，后被舅舅接到湖南长沙入雅礼中学读书。1938年，邹承鲁以优异的成绩考进了重庆南开中学。邹承鲁喜演讲，在各类演讲比赛中屡屡夺冠。当时，南开中学有一位名人，叫严仁颖，担任过校庆游艺会主席，此人在戏剧表演方面极具天赋，对邹承鲁的演讲才华也是由衷地佩服，他说：“讲演，一靠天分，二靠努力，邹承鲁二者兼有，你不服不行。”当年重庆市举办了一场中学英文演讲大赛，邹承鲁代表南开中学拔得头筹。时任教育部部长的陈立夫亲自给他颁奖，陈立夫握着邹承鲁的手道：“后生可畏呀！”

1946 年初春的一天，邹承鲁从报纸上看到庚子赔款公费留英重新启动的消息，很是高兴，决定去试一试。哥哥邹承曾也极力鼓励他出马一试。邹承鲁道：“十年磨一剑，我也该亮亮这把剑了。”

可邹承鲁也知道，连绵的战火让“庚子赔款”留学中断了数年，如今一朝恢复，肯定有众多的青年才俊一拥而上，竞争激烈程度是可想而知的。

1946 年初秋，正在办公室看报的邹承曾无意中看到了庚子赔款留学考试结果，他一下子紧张起来了。当年他也参加过庚子赔款留学考试，可最后名落孙山，如今弟弟的命运该是如何呢？

邹承曾先从名单中最后一个名字看起，他睁大眼睛一一搜寻，等看到中间时心已经凉了半截，看来弟弟也败下阵来了，邹承曾心下一阵失望。抱着好奇心，他又想看看到底谁为第一名，这一看惊得他从椅子上腾地站了起来——弟弟竟以化学类第一名的成绩名列榜首。邹承曾真是心花怒放。

邹承鲁转学到剑桥大学没有几个月，就收获了爱情。那一天，他正在校园里散步，迎面走来了一位年轻的女子，二人相遇，那位女子莞尔一笑道：“你就是邹承鲁吧？我听说过你，我叫李林。”

说着，她大方地向邹承鲁伸出了手。

其实，邹承鲁和李林初到英国的时候，都在伯明翰大学就读，只是彼此不认识罢了。

李林在伯明翰大学读完硕士，也到了剑桥，是命运让这对年轻人走到了一起。

见到来自祖国的留学生，邹承鲁很高兴：“我也听说过你，你就是地质学家李四光的女儿李林吧？”

李林笑了，点点头说：“记住，以后你要是介绍我的话，不要在前面冠以我爸爸的名字。我就是我。”

李林一句话，让邹承鲁对她顿生好感。

彼此偶然相遇，这个一头短发的开朗女孩就给邹承鲁留下了深刻的印象。

而在李林的心中，也留下了邹承鲁俊朗的影子。

在中国留学生的聚会上，邹承鲁与李林为大家共同演唱了那首红遍大江南北的《我的家在东北松花江上》，熟悉而又充满激情和伤感的歌声让每一个留学生为之动容。随着一阵阵掌声，邹承鲁与李林的心一下子靠近了，他们相视良久，这一刻，那爱情之花一下子盛开了。

李林出身名门，又是独生女，李四光视她如掌上明珠。李林个子娇小，卷曲的短发，浑身上下洋溢着青春活力。她就像一只矫健美丽的梅花鹿，喜欢在空旷的原野上自由自在地奔跑。

据说，李林刚来伯明翰大学的时候，英国的几个女同学都想逗逗这位来自中国的留学生。她们先从实验室里偷出了一只死老鼠，又悄悄放在了李林的文具盒里，然后躲在一边静候李林发出惊叫声，没想到李林看到后不仅没有一点恐惧，也没有发出她们期待的尖叫声，只是气愤地环视了一下周围。正当她们失望的时候，李林却提着老鼠向隔壁的办公室走去，她边走边笑着说："你们不就是想听听尖叫声吗？耐心等着。"随后，隔壁的办公室马上就传来了尖叫声，紧接着响起好像有什么东西掉在了地上的声音。后来李林把这个恶作剧讲给邹承鲁听，邹承鲁听得瞪大了眼睛。李林毫不在意，又接着说："隔壁那个年轻的女人见了老鼠后大惊失色，把桌子上的东西都碰到地上了。"

邹承鲁到剑桥大学凯林实验室不久，他的勤奋和悟性很快就赢得了凯林的肯定，同时他也听到很多关于王应睐的故事，这里面就有王应睐动手做试剂的事。邹承鲁是一个不甘落后的人，恰巧实验室需要一种叫肼的试剂，凯林正愁无处可找，邹承鲁就提出来由他动手一试。他找来参考书和资料一一查阅，最后掌握了做肼的方法。肼是无色液体，臭气逼人，邹承鲁只得到楼顶的平台上去做，每次完成后回到实验室时，他的身上都带着一股臭气，大家纷纷掩鼻躲避。凯林笑着说：“你人没到，臭气就先来了，但我还是乐意接近你的，臭气盖不住你的敬业精神。”

1949 年 8 月 25 日，邹承鲁与李林在英国美丽的海滨城市伯恩茅斯举行了婚礼，恰巧李四光夫妇正在英国参加第十八届国际地质大会，他与夫人专程赶来参加爱女的婚礼。李四光见了女婿后在夫人面前曾有过这样一番评价：他既聪明，又勤奋，很适合做学问。只是有些年轻气盛，以后免不了要吃些亏。

李四光阅人无数，他对邹承鲁的看法后来都得到了印证。

邹承鲁到中科院生化所时，虽年近 30，可长相年轻，又生的一张娃娃脸，与自己的学生站在一起“并无二致”，这让邹承鲁很不舒服。为了增加些师道威严，他故意装出一副老气横秋的模样，讲起话也故意粗声粗气的。邹承鲁并不近视，可他特意配了一款黑框眼镜。他本来是抽香烟和雪茄的，后来改抽烟斗，那眼镜和平日捏在手里的黑色硕大烟斗，果然给他平添了“几岁”。邹承鲁开口时口若悬河，可平常又不喜多言，总是面无表情地凝视着远方，好像在思考着什么重大问题一样，间或咳嗽几下，有些学生见了不免心生怵意。

刘望夷如今已经退休赋闲在家，当年他曾在邹承鲁实验室当过实习生，初来乍到，就领教过邹承鲁的厉害。有一次邹承鲁在实验室看到刘望夷正在用一支玻璃吸量管吸取浓氢氧化钠溶液，邹承鲁立刻就火了，他捏着烟斗挥舞着双手道："你这样对着嘴吸，液体跑到你嘴里怎么办？还不把你的嘴烧成个大猪嘴吗？"说着他把实验桌上的橡皮球拿起来递给刘望夷，"这橡皮球是干什么的？怎么不用它来吸？！"刘望夷有些尴尬，连连点头称是。

邹承鲁钟情于呼吸链酶系，20 世纪 50 年代末，人工合成胰岛素上马后，他暂时放下自己的科研项目，全力投入到胰岛素合成中，并出任拆合组负责人。

李林回国后，先是在上海冶金所从事科研工作。1958 年夏天，李四光病重，李林只得调回北京工作。当时，中科院领导有意把邹承鲁一同调回北京，邹承鲁坚决不肯，李林有些不高兴，为此夫妻还冷战了一些时日。

邹承鲁有邹承鲁的理由，他的事业是生物化学，而北京并没有生物化学所，另外，他也不想让别人说自己是在岳父荫庇下如何如何的。

李四光了解自己女婿的秉性，女婿无时不在证明他的成果都是靠他自己奋斗来的，所以从来就没有用自己的身份去为邹承鲁做点什么，更没有想过把他调到北京，调到自己身边来。尽管李四光还是中科院的副院长。

李林调回北京后，著名原子核物理学家钱三强把她调到了第二机械部原子能所工作。原子能所为涉密单位，位于北京郊区，平日里都是戒备森严，邹承鲁过来探亲开始进出门都会被仔细盘问，后来不知什么原因就出入自如了。有一次他进了大门往里走，就听到背后有人道：“这个人很牛，吹胡子瞪眼的。开始还查问他，后来知道他是科学家李林的家属就免了。”邹承鲁听了很不高兴，腾地就火了，当天就想打道回上海。李林不解，邹承鲁气咻咻地说：“我成了没有名字的家属了。我是谁？我是大名鼎鼎的邹承鲁呀!”李林恍然大悟，不禁放声笑了起来。

自此，邹承鲁再也不去北京郊区的原子能所了。

一对伉俪为了各自的事业，经历了十多年的两地生活。邹承鲁举近十年之力参与人工合成胰岛素之后，又开始他的酶学和胰岛素分子伴侣等研究。他后来的科研成果被科学界称之为“邹氏公式”和“邹氏作图法”，一度被国际同行广泛引用。邹承鲁的科研成果，包括人工合成胰岛素在内，曾获国家自然科学奖一等奖两次、二等奖四次。

正是因为邹承鲁的脾气和秉性，晚年他曾用大量的时间维护科学尊严，抨击学术腐败，并为此写下了大量的讨伐檄文。虽然树敌不少，可他越战越勇，从不退缩，其中的“牛满江事件”“徐荣祥事件”“张颖清事件”“刘亚光事件”，件件皆是刀光剑影，疾风劲雨。

这可能是李四光当时没有想到的。

邹承鲁 2006 年去世，享年 83 岁。夫人李林也是 1923 年生的，比邹承鲁晚几个月，二人皆属猪，女儿邹宗平戏称他们一个是猪头，一个是猪尾。

李林曾为中国核潜艇堆事业做出了很大的贡献，于 2002 年谢世，享年 79 岁。

邹承鲁去世前，曾特地嘱咐家人，将他的骨灰一半埋在北京生物物理所一棵白皮松下，余之要埋在上海生化所。

这里是邹承鲁事业的起点，当年邹承鲁在实验劳累之余，常凝视院子里那棵挺拔的香樟树。那棵香樟树高数十米，树冠广展，气势宏大。相视久了，那树也好似有了灵性，邹承鲁每展目望去，心下便豁然开朗。

为了实现邹承鲁的遗愿，他逝世后的第二年，他的学生许根俊院士特地为老师选定了一棵高大的香樟树，并选定某个日子，邹承鲁的女儿、外孙等一行人，把邹承鲁的骨灰埋在了香樟树下。

20 世纪 40 年代初，李约瑟在一次中国之行中，与一位年轻的中国学子结下了不解之缘，此人就是曹天钦。曹天钦 1920 年出生在北平，父亲为教师，膝下有七个子女。曹天钦少小肯学，1938 年从育英中学毕业后被保送到燕京大学化学系，后中断学业服务抗战。1943 年燕京大学在成都复学，曹天钦得以继续学业。

从 1938 年始，受王应睐、鲁桂珍、沈诗章三位留学生影响的李约瑟一头扎进了中国古代文明史，随后他就格外钟情于研究中国古代科学技术和中医。

这以后，李约瑟为英国打开了一扇认识中国的窗口。李约瑟的行为引起了英国皇家学会的关注，在李约瑟的努力下，英国皇家学会同意在中国成立一个战时援助科学与教育机构。1942 年秋，李约瑟冒着战火来到了当时中国的陪都重庆，并很快建立了中英科学合作馆，也就是在这期间，曹天钦结识了李约瑟。

1944 年夏天，曹天钦从燕京大学毕业后，受李约瑟邀请来到中英科学合作馆担任他的秘书，自此以后，他跟随李约瑟及其夫人走遍了中国大西南和大西北各地。曹天钦是一位谦和的年轻人，脸上时常挂着真诚的微笑，他的为人和勤奋好学赢得了李约瑟的赞赏。两年下来，他们结下了深厚的友谊。

1945 年深秋的一天，站在大西北黄土高原上的李约瑟对身边的曹天钦说："你不能再跟我继续走下去了。"曹天钦有些意外，他看着李约瑟问："为什么?"

黄土高原上沙土飞扬，李约瑟眯着眼睛道："你应该在科学上有一番大作为，我要助你一臂之力!"后经李约瑟介绍，曹天钦获得英国文化委员会奖学金，并以此赴英留学。

"你已经有这个资格了!"李约瑟高声说。

听了李约瑟这番话，曹天钦很兴奋，他觉得自己确实应该到国外去开阔一下视野了，何况剑桥大学有着丰厚的学术土壤。

1946 年春天，曹天钦来到上海，准备随时启程去英国留学。这时候，他突然想起了远在长汀读书的恋人谢希德。曹天钦在燕京大学附属中学读书的时候，与谢希德同桌，那时候谢希德 11 岁，曹天钦比谢大一岁，他就像一个大哥哥一样照顾瘦小的谢希德。

他们两小无猜，彼此都很看重对方，后来两人慢慢走近了，最终走到了一起。

曹天钦决定在出国之前先把这桩姻缘定下来，当他出现在谢家人面前的时候，谢希德真是喜出望外，不日，谢父就邀来亲朋好友为这对青梅竹马的恋人定了百年之好。

曹天钦在剑桥大学完成学业后本想到美国哈佛大学去，因为哈佛有着世界著名的蛋白质物理化学专家。另外，谢希德正在美国麻省理工学院专攻物理学博士学位。哈佛大学也催他尽快成行，那位著名的蛋白质专家在信中说：“你完全应该相信，这里将成就你一番大事业。”

也就在这时候，邹承鲁来了，同时把王应睐的信交给了曹天钦。这个夜晚，曹天钦和邹承鲁喝着威士忌，畅谈着新中国，展望着新中国的生化事业的未来。曹天钦深情地说：“祖国就是我们的根，我们离不开祖国！”

曹天钦毫不犹豫地放弃了赴美计划。当时，美国对中国留学人员，特别是理工科留学生回国百般阻挠。曹天钦放弃赴美让他们大为光火，他们也就盯紧了谢希德，为了留住谢希德，他们不惜许以重金。

李约瑟曾想把曹天钦留在剑桥，但曹一句话就打消了李的念头，曹天钦说：“我不能留下了，祖国需要我，为了自己的祖国，什么都挡不住我。”李约瑟在中国多年，他已经了解了中国，了解了中国人，严格地说，他了解了中国人的精神，所以听了曹天钦这句话，他就没有再去努力争取说服他。

怎样才能让谢希德顺利离开美国？李约瑟对曹天钦道：“用你们中国人的话说，就是兵不厌诈，暗度陈仓！”李约瑟以他的影响力，通过英国驻美大使馆从中斡旋，理由是让谢希德来英国完婚，美国人不知是计，就放走了谢希德。

1952年5月，谢希德顺利到达英国。正在英国留学的张友端、陈瑞铭见证了他们的婚礼。三个月后，曹天钦夫妇从英国南安普顿出发，取道苏伊士运河，途经印度、新加坡、中国香港等地，一个月后，他们的脚步终于落在了上海。适逢1952年10月1日，到处莺歌燕舞，曹天钦和谢希德的激动之情一时难以言说，曹天钦道：“出国时还是满目疮痍，归来时已是欣欣向荣呀！”

1956年5月的一天，曹天钦加入了中国共产党。巧合的是，在复旦大学工作的谢希德也在这一天加入了党组织，夫妻俩同一天宣誓，一时传为佳话。

曹天钦与邹承鲁为人风格迥异。曹天钦在生化所为学生授课风趣幽默，深得大家喜爱。他讲到蛋白质中的螺旋和双螺旋时，就高声吟诵起老子《道德经》里的“玄之又玄，众妙之门”，让大家体会生命活动中螺旋结构的奥秘。言毕蛋白质螺旋，再讲烟草花叶病毒时，曹天钦更是发挥充分，他扳着指头道：“这核酸呀，就好比朱丽叶，蛋白则是罗密欧，朱丽叶死了后，罗密欧也为她殉情而亡，两者缺一不可。”

同学们对他的讲解报以掌声。

一次，一年轻中专生见一穿旧雨衣的中年人正在捉冬青树上的大避债蛾，就好奇地问：“我怎么没见过你，你是干什么的？从哪里来的？”中年人嘿嘿一笑：“你是刚来的，怎么能见过我呢？我来自北京，搞肌肉蛋白的。”年轻人点点头，笑道：“不就是杀鸡宰鸭的嘛，还说得这么文明。”中年人听后大笑，道：“你说得可够通俗的。”那年轻人也笑了，说：“我也是北京来的，咱们是老乡。你住在什么地方？”中年人随口答：“蒋家胡同。”年轻人一拍掌：“罗瑞卿大将也住在那里呀！”

下午在实验室，那年轻人见一穿着整齐白大褂的中年人有些面熟，就端详了一下，随之道：“你，你不是那个……那个上午捉大避债蛾的人吗？”曹天钦笑了，说：“对呀，就是那个杀鸡宰鸭的。”年轻人急忙提醒他：“老乡，这是实验室，你咋跑到这里来了？”

这时，旁边有人道：“这是咱们生化所曹副所长，什么杀鸡宰鸭的？是科学家。”

年轻人不禁瞠目。

后来成为中科院院士的戚正武虽然已年逾80，但对他而言，几十年前的事还历历在目。曹天钦到生理生化所以后，就成了他的导师。戚正武不敢杀兔子，开始都是由曹天钦动手，戚正武说：“曹天钦是杀兔子的高手，每次老师先把兔子放在自己大腿根上，轻轻地摸一摸，那兔子就老实了，这时先生就开口道，为科学献身是光荣的。言毕，在兔子的后颈敲一下，兔子就晕过去了，随之放血，取肌肉，前后三两分钟即能完成。”

1987年，正在以色列出席国际生化会议的曹天钦一下子摔倒了，回国后在医院卧床达八年之久，直至去世。曹天钦卧病在床时，与以往真是判若两人，谢希德望着昔日恩爱的丈夫，不禁泪如雨下。那时候，谢希德已经在复旦大学校长的任上干了多年。作为一名著名的物理学家，她既要忙于政务，还要进行科研，尽管这样，她仍下决心要把丈夫的大脑功能恢复过来。她对朋友说：“我要把蕴藏在曹天钦大脑深层的知识诱发出来。”她每天给曹天钦布置简单作业，曹天钦则像个小学生一样一丝不苟地完成，可曹天钦装满化学分子的大脑完成眼前的简单作业已经力不从心，开始他还能做出一些简单的加减法数学题，翻译几十个英文单词，谢希德每每也都认真批改丈夫的作业，可谢希德慢慢发现，后来布置的作业，丈夫都是在上面乱画一通。见此情景，谢希德不禁掩面而泣。

戚正武回忆说：“我每次去医院看他，他只能点头示意。想当年曹先生风流倜傥，睿智过人，可转眼成了这个样子，真是世事无常。转身告别时我都是泪流满面，心如刀割啊！”

1995 年 1 月 8 日，曹天钦离开人世，享年 75 岁。

2000 年 3 月 4 日，身患癌症三十余年的谢希德也永远闭上了眼睛，弥留之际她轻声说道：“我要到另一个世界找他去了。”

言毕，安然离世。

对恩师的为人、为学，龚岳亭说：“他赤子情怀，不计名利，远涉重洋，回国效劳。

“他既有绅士风度，彬彬有礼，又继承了中华儒家风范，温文尔雅，平易近人，宽以待人，严以责己。

“他长期受西方教育，但绝不崇洋，他融会贯通中西文化，吸收是手段，发扬是目的。他经常提醒学生，过去我国曾有光辉的科技成果，要自强不息。

“他育人如春风化雨，诲人循循善诱，他对学生因材施教，有教无类，门下人才辈出。

“他是新中国蛋白质研究的主要奠基人之一，艰苦创业，因陋就简，立足国内，不埋怨，不气馁。他既对传统大肌肉蛋白研究做出了卓越贡献，又开辟了免疫蛋白、植物病毒等新的领域。

“他位高而不亢，学博而不傲，和蔼待人，认为人不分贵贱，资历不分深浅。”

对于人工全合成结晶牛胰岛素，曹天钦有两个深刻的论述：一是对于一个蛋白质的合成来说，必须有与天然物相同的生物活性和结构完全相同的纯产物，才能算得上实现了它的全合成。二是胰岛素是一种蛋白质，人工合成结晶胰岛素则是科学上的又一次飞跃，它标志着人工合成蛋白质时代的开始，是生命科学发展史上一个新的重要里程碑。

1966 年，在统一了众科学家的意见后，曹天钦主持起草了论文——《结晶胰岛素全合成》。此文以中英文形式发表在《化学通报》和《中国科学》上。

邓小平说，资本主义的奖我们也可以拿

人工合成胰岛素成功后，中科院党组书记张劲夫马上抄起电话报告了聂荣臻元帅。犹如听到前线胜利的战报一样，聂帅很是高兴，在电话那一头说：“好好好，我曾经说过，胰岛素就是一百年也要搞出来，这才用了不足十年嘛！向科学家们致敬！我马上把这一喜讯告诉总理。”

张劲夫顿了一下，道：“我觉得先不要说，等鉴定结果出来以后再说也不迟，那时候我们更有底气。”

聂帅道：“好，缓一缓，我尽快让国家科学技术委员会组织鉴定。”

张劲夫与聂帅通话后不久，国家科学技术委员会很快组成了人工合成胰岛素专家委员会，中科院副院长吴有训为主任委员，副主任委员由高等教育部科研司司长吴衍庆担任。委员包括南开大学杨石先校长、南京大学高济宇副校长、中科院生物学部主任童第周等几十位专家学者。

从 1965 年 11 月 14 日到 11 月 18 日，鉴定委员会对人工合成

胰岛素进行了初步鉴定，参会人员一致肯定这项成果的创新性和学术意义，人工合成胰岛素已经获得了成功。但是，在向世界公布这一重大成果之前，还需要补充个别数据。

在大家的欢呼声中，科学家汪猷却不合时宜地泼了一瓢凉水，他说："人工合成胰岛素的研究尚有一些工作需要继续进行，对于全合成最后产生的结晶体，应进行进一步分析鉴定。"

汪猷的大胆和严谨态度引起了一些人的共鸣，大家纷纷发表不同意见。

冯新德（高分子化学家）："胰岛素得到的结晶太少，数据好像也不够。"

傅鹰（物理化学家）："合成的是否是胰岛素还不能肯定。"

邢其毅（有机化学家）："胰岛素合成的工作量是巨大的，意义是肯定的。但创造性不大，是由一个个氨基酸堆上去的，方法都是现成的，没有什么创造……人工合成胰岛素和过去合成的东西相比，是500层高楼与100层高楼的关系，具体地说，这项工作鉴定得太早了。"

卢锡锟（北京大学化学系副主任）："这项成果从理论上对证明蛋白质'一级与高级结构的关系'有一定意义，但这种观点是有条件的。合成大肽比小肽困难，溶剂选择和提纯方法就更困难了，但不能说方法上创造性很大。”

黄春辉（无机化学家）：“这个项目花钱太多，花力气太大，是用钱堆起来的。如果能做比较实际的项目，意义更大。”

各领域专家的发言如泰山压顶，让中科院上海生化所感到了巨大的压力，曹天钦、邹承鲁、钮经义如坐针毡，作为总设计师的王应睐却很平静，也很自信。那天下午，他在走廊里喊住曹天钦：“天钦，走，我们到外面散散步。”曹天钦见王应睐眉头紧锁的样子，知道散步是假，谈事是真。两人走出大楼，在院子里缓步而行。正是深秋时节，地上已经落满了金黄色的树叶，两人一时都没有说话，周围一片静寂，只有双脚踩在叶子上发出的轻微沙沙声。还是王应睐先开口，他说：“针对各种不同的声音，咱们是应该做点什么。”曹天钦点点头，说：“我觉得一些持不同观点的人有点像盲人摸象。”

王应睐用力点点头道：“是的，你说得很有道理，他们对人工合成胰岛素的意义认识还不足，你可否写一篇关于人工合成胰岛素意义的文章？要有理有据有说服力，在人工合成胰岛素问题上，人们应该站得高一点来全面认识它。”

曹天钦说：“好的，我来写。”

1965年末，曹天钦完成了《胰岛素人工合成的科学意义》，王应睐、邹承鲁等人看了后纷纷叫好。邹承鲁吸了口烟斗，轻松地吐出了一圈烟雾，随后高兴地开口道："这下关于人工合成胰岛素问题的视野开阔了，意义也就显而易见了。"

王应睐点点头，说："这篇文章具有很强的思辨性，有些回答已经上升到哲学意义上了，我看就交给《自然辩证法研究通讯》杂志发表。"

大家点头赞成。

曹天钦道："我把诸位的意见融进去再进行一次修改，然后就发给《自然辩证法研究通讯》编辑部。"

《自然辩证法研究通讯》编辑部收到曹天钦的稿子后，迅速在1966年开年第一期发表了《胰岛素人工合成的科学意义》。这篇文章很快引起了科技界的关注和讨论，一些专家学者也由此改变了原来的一些看法。

曹天钦在文章的末尾以客观、严谨的态度写道："在十九世纪初叶，所有当时的有机化合物都是生物的组成成分或生命活动过程中所产生的物质，再不然就是生物体死后所变化衍生出的物质。1828年维勒把氰酸铵加热获得了尿素，第一次从无机物获得一个有机化合物。百余年来，化学家在实验室中合成了无数的有机化合物，其中有与生命现象有关的或生命过程中所产生的许多重要物质如甾体、抗菌素、叶绿体、糖、核苷酸、多肽激素等等，也有一些本非天然产物，却对生物体作用的药物。这些成就，科学界都给予了应有的评论。但直到我们合成了胰岛素以前，在生命现象中起主导作用的蛋白质，却只能是生物体活动的产物。……现在人工合成了第一个蛋白质，从人类认识自然、人工合成生命的前景来看，是一个重要的突破。

“尽管尿素是一个最简单的‘蹩脚’的有机化合物，是生命活动所排泄出的废物，但人工合成尿素的成就，在生命科学的历史上，却被看作是一个飞跃。因为它突破了无机世界与有机世界的界限。在蛋白质中，胰岛素也是最小的一个。胰岛素的功能是参与新陈代谢的调节控制。在有些人看来，不如一些其他的蛋白质如酶那样更引人注目，同时，有一些其他激素功能可由很小的多肽分子即可完成，不像生物催化、收缩、抗体、毒素等功能，都需要较大较复杂的蛋白质，而非多肽小分子所可能完成的。尽管如此，一如前述，胰岛素是一个蛋白质，人工合成了胰岛素，突破了一般有机化合物与生物高分子之间的界限。所以人工合成胰岛素的成就，在人类认识并合成生命的历史上，可说是第二个飞跃。”

人工合成胰岛素的成功与否，关系到中国科学家的贡献论定和国家荣誉，聂荣臻元帅指示要认真对待，鉴定要做到万无一失。

根据第一次鉴定委员会专家们的建议，补充了有关数据后，1966年4月15日到21日，国家科学技术委员会组织专家鉴定委员会对人工合成胰岛素进行了再次鉴定，中科院院长郭沫若亲自坐镇。此次参加的专家由过去的二十六名增加到四十多人，鉴定结果与第一次完全一致。

鉴定委员会主任委员吴有训刚刚宣布完结果，诗人郭沫若就从椅子上一下子站了起来，他高声喊道："这是中国科学家一次伟大的收获，也是中国人民一次伟大的胜利，我们应为此尽情地高声欢呼！"

汪猷放弃了过去的观点。在这之前，他就曾细细研读了曹天钦的文章《胰岛素人工合成的科学意义》，看后，他抑制不住满心的喜悦，马上找到王应睐谈感受，他谦虚地说："看来我对人工合成胰岛素的看法还是有些狭隘了……"

值得注意的是，在这次鉴定会上，中宣部科学处的处长于光远也名列其中。于光远是有名的笔杆子，善于写大文章，中宣部这次派他来，是为下一步开展宣传人工合成胰岛素做准备的。于光远对郭沫若说：“后面将由我组织宣传。”郭沫若说：“好好，我们要大张旗鼓地宣传中国科学家的成就，让全世界都知道，在整个人类中，是我们率先合成了一个蛋白质。”

鉴定会即将结束的时候，有人提出：“这项科研项目完全可以报诺贝尔奖了。”此言一出，立刻有人反驳：“我们不要这个资本主义的奖。诺贝尔是发明了炸药才开始发横财的，后来钱多了就自掏腰包搞了这么个奖，这奖金本身就是资产阶级以物质刺激科学的手段。诺贝尔奖是为资产阶级政治服务的，我们不要这些奖金，我们要的是人民的奖赏，这是最崇高的。”

接着有人响应：“对，咱们不要对诺贝尔奖太迷信了。我们不需要，这是骨气！”

在这次鉴定会不久，国家科学技术委员会正式颁发了“人工合成牛胰岛素国家鉴定书”：

“在研究方案的制订、合成路线的设计、保护基及溶剂的选择、组合条件的控制、纯化方法的研究和有关的微量分离分析技术的建立等方面均有独到之处。”

……

“此项研究成果具有重大的学术意义，因为这是世界上第一次人工合成了一种具有生物活性的结晶蛋白质——胰岛素。这项工作成果对于‘蛋白质的高级结构在很大程度上由一级结构所决定’的概念也提供了一个新的证据。同时，通过这一工作，带动了国内氨基酸的生产，促进并提高了氨基酸、多肽与蛋白质的分析鉴定技术，培养了一批具有相当质量的多肽和蛋白质化学研究的人才，积累了丰富的多肽与蛋白质合成的经验。这一切都为今后我国研究多肽与蛋白质的结构与功能、合成更大分子的蛋白质以及人工合成多肽药物，奠定了良好的基础，并为人工合成模拟酶开辟了远景。”

1966 年 4 月 23 日，聂帅来到了中南海西花厅，正是盛春，西花厅的海棠已经绽放，院子里飘着醉人的香。总理见聂帅来了，他放下案头的工作，摘下老花镜，微笑着问聂帅：“看你春风满面的样子，有什么好消息告诉我吗?”聂帅笑着说：“这满院的海棠都开了，能没有好消息吗？总理，您还记得人工合成胰岛素吗?”总理一下子来了兴致：“我怎么能忘了呢？我一直记得那个大烧杯里的胖娃娃呢！怎样了？有结果了吗？我一直盼望着呢。”聂帅呵呵一笑：“总理，已经成功了，刚刚鉴定完毕！”

总理一下子站了起来，大声说：“这真是个好消息！聂帅，你代我向科学家们表示祝贺，告诉他们，他们完成了一项了不起的事业！再就是要好好宣传我们科学家的奋斗精神。”聂帅道：“中宣部已经制定宣传计划了，马上就展开宣传。”

1966年12月24日，《人民日报》在头版头条位置发表了《我国在世界上第一次人工合成结晶胰岛素》的新闻，并配发了社论。

世界在这一刻听到了来自中国的声音——在世界上，第一个完成了天然胰岛素拆合工作的，是中国；第一个得到人工半合成结晶胰岛素的，是中国；第一个得到人工全合成结晶胰岛素的，还是中国。

20世纪60年代的中国，与世界交流并不是很多，世界的目光也很少打量中国。尽管《人民日报》那则报道中国科学家合成胰岛素的消息铿锵有力，可听到这声音的世界科学家还是很少。

中国科学家真正被引起关注是在1966年4月那次欧洲生化学会联合会议。先期，这次大会的组织者就向中国科学家王应睐、邹承鲁发出了邀请，王应睐想，这正是向国际同行介绍中国人工合成胰岛素的最好机会，让谁去参加呢？王应睐颇费了一番脑筋。

张友尚和杜雨苍、龚岳亭皆是人工合成胰岛素的贡献者。张友尚受曹天钦牵连正被审查，龚岳亭与杜雨苍相比，龚岳亭更合适一些，他会说一口标准、流利甚至动听的英语。最后圈定了王应睐、邹承鲁等人。

会议期间，王应睐和邹承鲁分别介绍了各自“分内”的事，每人不足十分钟。大会主席留给龚岳亭介绍人工合成胰岛素的时间更短，可龚岳亭已经私下里备足了功课，他用流利的英语简明扼要地报告了中国科学家在胰岛素领域获得的成果。这本是这次大会上的一项额外点缀和花絮，一开始并没有引起与会者留意，慢慢地，王应睐看到，一些正在耳语的科学家都竖起了耳朵，有的表现很吃惊，有的面露意外之色，随后全场报以热烈的掌声。

龚岳亭回国后，把当时的情景向其他科学家做了描述：“与会者的强烈反应既让我们意外，却又在意料之中，英国著名的桑格教授亲临会场，听罢我们的报告后，热烈祝贺我们所取得的成绩……会议期间，包括美、英、法、意、荷、比、挪威、瑞典、芬兰、奥地利等国的著名科学家都祝贺我们取得的伟大成果。桑格高兴地说：‘这是一项重大的事情，释放了我思想上的负担，过去曾有人报道牛胰岛素的化学结构在某一顺序上与我的结果不符，如今你们的成果是最有力的证据。’国际生化协会会长、奥乔亚教授不止一次地向我们表示祝贺，认为这是非常重要的贡献……曾任肯尼迪总统科学顾问的匹兹堡大学生物物理所所长，美国的钱斯教授说，这是最令人兴奋的新闻。印尼学者说，这是中国的胜利，他作为东方人也感到骄傲……加纳学者对这样重大的科研成果由中国做出来感到特别高兴……当时苏联与东欧诸国同我国关系紧张，但像苏联院士、苏联科学院分子生物学研究所所长恩格尔哈特和匈牙利院士斯特劳布都向我们表示了祝贺，并在不同场合多次道贺，说胰岛素全合成是一项非常突出的工作。”

获悉中国科学家人工全合成结晶牛胰岛素后，很多国家的同行坐不住了。多少年来，世界众多科学家曾经为此做出了巨大的努力，可没有想到的是，成功竟然落在了一度默默无闻的中国科学家身上。这次欧洲生化学会联合会议不久，法国巴黎科学院的特里亚院士就率先来到了中科院上海生化所，他仔细看，认真听，想验证人工合成胰岛素有没有纰漏和瑕疵。几天下来，他发出了由衷的感叹：“这项科研成果是可以获得诺贝尔奖的。”

那时候，中国人对诺贝尔奖还没有现在这样的热情，在某种程度上甚至还很排斥。对特里亚教授的肯定大家都很高兴，对获诺贝尔奖的事，大家只是礼节性地笑笑。就在特里亚回国不足两个月的时间，美国著名的《科学》杂志发表了题为《红色中国完成胰岛素人工合成》的文章，把中国科学家的成果推向了世界科学界，英国电视台则在黄金时间连续数日播放中国科学家人工合成胰岛素的消息。青年时期曾在牛津大学专攻化学的撒切尔夫人也通过这则电视消息记住了中国科学家，记住了胰岛素。

1966年5月29日，《参考消息》登载了这样一条消息：瑞典科学家蒂塞利乌斯访华后感慨，中国正迅速走上科学大国的道路。

在这则报道之后不久，瑞典皇家科学院诺贝尔奖评审委员会化学组主席、乌普萨拉大学生化所所长蒂塞利乌斯来到中国，吸引这位著名化学家的不是中国的经济建设，而是令他一度魂牵梦萦的中国科学家人工合成胰岛素。从中国人宣布成功合成胰岛素那天开始，蒂塞利乌斯就产生了到中国的念头，而且越来越迫切。最终，这位诺贝尔奖得主不辞辛苦，终于来到了中国。在一个满眼翠绿的季节，蒂塞利乌斯顾不得领略春日美景，径直赶到中科院上海生化所。在与中国科学家座谈时，蒂塞利乌斯表现出了浓厚兴趣，对很多细节，蒂塞利乌斯像个孩子一样刨根问底。末了，蒂塞利乌斯道："你们第一个人工全合成结晶牛胰岛素十分令人振奋，向你们表示祝贺！美国、瑞士等很多国家的科学家在多肽方面都有着丰富的经验，可他们没能够合成，但你们在没有这方面专长人员和丰富经验的情况下第一次合成了它，你们是世界第一，这使我很惊讶。可以这么说，你们是在一张空白的纸上完成了一项伟大的事业。”

蒂塞利乌斯归国途中，恰是 1966 年 5 月 9 日中国第三颗原子弹在中国新疆维吾尔自治区东南部罗布泊试验成功之时。《瑞典日报》的记者问他这次远行对中国人工合成胰岛素和原子弹成功爆炸有什么感想，蒂塞利乌斯意味深长地说：“核能力说明了新中国的进展，但更有说服力的是胰岛素。人们可以从书本中学到制造原子弹，但是人们不能从书本上学到制造胰岛素，中国科学家人工合成胰岛素是人类发展史中了不起的伟大事业。”

蒂塞利乌斯对中国科学家的高度评价也反映出人工合成胰岛素之艰难。

正如他所言，这是一项在白纸上完成的事业。

几个月后的 9 月 14 日，《参考消息》又报：美国科学家已经承认我国在制造牛胰岛素方面已经领先。

此话从高傲的美国人口里说出来，可见世界对我们合成胰岛素的认可。

不到一个月，美国科学家承认中国合成牛胰岛素是一个科学伟绩!

第二日,《参考消息》又讯:美对我合成牛胰岛素感到震惊。

1972年初,周总理指示尽快拍一部反映人工合成胰岛素的纪录片,以备给2月份来华访问的美国总统尼克松观看。

就在尼克松访华后不久,诺贝尔奖获得者、美籍华人杨振宁来到了中国。杨振宁是著名物理学家,他与同是美籍华人的物理学家李政道因共同提出的弱相互作用中宇称不守恒理论而摘得1957年度诺贝尔物理学奖。杨振宁慕名来到上海生化所,在与中国科学家座谈时说:"人工合成胰岛素很成功,我想由我出面来提名诺贝尔奖。"

杨振宁说出这番话不久,周恩来总理在北京接见了他。会谈中,杨振宁正式向总理提出了他将为人工合成胰岛素提名诺贝尔奖的事。总理沉吟片刻道:"我们当然是很欢迎的,但现在时机还不够成熟,能否再等一段时间呢?"

杨振宁虽有些不解,但他还是"客随主便"。他点点头,说:"好,我会随时关注这事的。"总理婉言相拒实则是有苦衷的。

1977年,国内形势渐渐好转,在这个历史的拐角处,再次申报诺贝尔奖的呼声也随之越来越大了。

这一年的6月，时任中科院副院长的钱三强率中国科学家代表团访问澳大利亚，在与澳大利亚科学家的交流中，对方提到了中国人工合成胰岛素的事。澳大利亚科学家道：“我们至今不解，你们成功合成了胰岛素后，为什么不去报诺贝尔奖呢？我想这是很有希望的，也是很有把握的，重要的是你们愿意不愿意报的问题。”

他的话让中国科学家一时无语。

钱三强可有点坐不住了，恰恰代表团成员中有王应睐。这天晚上钱三强和王应睐谈话到了深夜，他说：“过去报诺贝尔奖，我们是有很多顾虑的，包括总理，咱们都知道，基础研究不是一蹴而就的，有时是几十年甚至几代人的事，一些科学家甚至都不愿意去选择基础研究，因为数年才看到结果嘛！再就是，我们原本对基础研究重视不够，人工合成胰岛素这个项目是中国科学家在基础研究领域获得的一项伟大成就和伟大的突破，我们应该申报诺贝尔奖，这样对基础研究也是个有力的推动。你看看，外国人都比我们着急了，我们还能无动于衷吗？”

王应睐点点头说：“是的，这几年我也转变了观念，是到了该报的时候了，起码也扩大一下中国在世界上的影响。这件事还得靠您的努力和支持。”

钱三强道："我愿意助一臂之力！"

钱三强回国后，马上把自己的想法报告给了时任中科院党组书记的方毅，方毅一拍桌子，说："咱们的脑筋是应该放宽一点了，党组全力支持！"

有了方毅这句话，钱三强也就可以大胆而为了，不久，杨振宁接到了钱三强请求协助申报诺贝尔奖的亲笔信。

杨振宁对人工合成胰岛素申报诺贝尔奖的事还一直念念不忘。

1978年8月，杨振宁再次来到中国。不日，邓小平特地来到他下榻的北京饭店宴请这位大科学家，交流中，邓小平先谈到了中国建造高能加速器的设想。杨振宁说："让我说实话吗？"邓小平说："不要有顾虑，尽管放开讲。"杨振宁先是反对，随后就谈了反对的理由。接着他又提出了中国人工全合成结晶牛胰岛素申报诺贝尔奖一事，杨振宁道："诺贝尔奖虽是资本主义的，但它是颁给科学的，科学无国界，如果您同意，我就马上着手准备。"

邓小平吸了一口烟，笑了笑，道："我听说，在这件事上你一直都是热心人，我要谢谢你！资本主义的一些奖，我们也是可以拿的！"

邓小平的话一锤定音！

1978 年 9 月的一天，瑞典皇家科学院诺贝尔化学奖委员会的 B. 乌尔姆斯特洛姆等六位教授给王应睐来函，希望他能在 1979 年 1 月 31 日前推荐 1979 年度诺贝尔化学奖候选人。

这真是一个良好的时机！

王应睐打电话把这一消息告诉了钱三强，电话那头的钱三强高兴地说：“万事俱备，只等东风了。”

钱三强马不停蹄，放下电话，马上招来有关人员起草报告，很快就向国务院提交了《关于向诺贝尔奖委员会推荐我国人工合成胰岛素研究成果的请示报告》。报告中特别强调：我们建议，以钮经义同志一人名义，代表我国参加人工合成胰岛素研究工作的全体人员申请诺贝尔奖，拟由杨振宁教授和王应睐教授分别推荐。

不出几日，国务院批复同意。

1979 年 10 月，诺贝尔化学奖公布，获奖者为美国化学家布朗和德国化学家维蒂希。而中国科学家钮经义的落选，即意味着人工全合成结晶牛胰岛素没有获奖。

1979 年 12 月，国务院向人工全合成结晶牛胰岛素研究组颁发了嘉奖令。

1982 年 7 月，人工全合成结晶牛胰岛素项目获得国家自然科学一等奖。

时隔两个月，也就是1982年9月，已经是英国首相的撒切尔夫人再次访沪，她还记得多年前关于中国人工合成胰岛素的话题，由此，她特地提出要到中科院上海生化所看一看，当她知道“剑桥三剑客”的逸事后，这位首相笑了，说：“这是我们剑桥的自豪!”

王应睐微微一笑，意味深长地说：“更是我们中国人的骄傲!”睿智的撒切尔夫人深知王应睐这句话的含义，但她没再接话，只是微微笑了。当她听到张友尚、龚岳亭一口流利的英语时，很是吃惊，她说：“你们到了英国，一定找我。”

撒切尔夫人回国后，到剑桥大学视察，又说到了中国人工全合成牛胰岛素的事，她对剑桥大学的校长说：“你们下大力气培养了中国留学生，可他们都把花开在了自己的国家!”

人工全合成结晶牛胰岛素，是中国科学家智慧的结晶，也是中国精神的结晶，至今仍熠熠生辉。

尽管这项被世界科学界和众多科学家看好的伟大工程与诺贝尔奖擦肩而过，但丝毫不影响它本身的价值和意义。

至于为什么没能获奖，有人说它缺少重大的理论意义。

有人觉得，是因为它已经“时过境迁”。

还有人认为，成本远远大于效益。

再就是，过于单一，没有形成群体效应。

也许还有什么。

这一切，都留给时间和历史去检验吧！

唤醒人们记忆，使人们再次回望的是，在中国科学家人工全合成结晶牛胰岛素五十周年之际——2015 年 9 月 17 日，中国邮政首发了一枚“人工全合成结晶牛胰岛素五十周年”纪念邮票，图案背景是胰岛素分子一级结构图，显微镜下是牛胰岛素结晶。

王家楠拿到这张邮票的时候，几乎没有停留就赶到了父亲的墓前。王家楠把邮票贴在了墓碑上，贴得端端正正，一丝不苟。随后，他在墓前深深鞠了一躬，凝视着邮票，恍惚中好像回到了过去，看到父亲匆忙走进生化所的身影，又听到病床上的父亲说起了人工合成胰岛素。

一枚小小的邮票，把历史寄到了今天，方寸之间，也把今天的人们带回了遥远的过去。

你好！牛胰岛素！

你好！科学家！

……

后记　关于称谓

中国首次人工全合成结晶牛胰岛素距今已经五十九年了，从过去至今，对它的称谓也不一。有的称其为“人工合成牛胰岛素”，或是“人工全合成牛胰岛素”，有的则是“人工全合成结晶牛胰岛素”，等等。出现最多的当然是“人工合成胰岛素”了，很多人特别是一些年轻人对此多有疑惑。

作为本书的作者，也曾被一些人问起。为此，我专门咨询过相关科研人员，他们的回答是，不同的名称，其实都指的是同一个项目，只是简称和全称的区别而已。同时，我查阅了有关资料和当年官方对此的称谓，比如，1979 年 12 月时任国务院总理华国锋签署的国务院嘉奖令中，称其为“人工合成胰岛素”；1982 年 7 月国家科学技术委员会为此颁发的证书中称其为“人工全合成牛胰岛素”；2015 年 9 月 17 日，中国邮政为了纪念这一研究成果五十周年，特地发行了一枚纪念邮票，称其为“人工全合成结晶牛胰岛素”。